夜行

森見登美彦

Morimi Tomihiko

小学館

目次

夜行

学生時代に通っていた英会話スクールの仲間たちと「鞍馬《くらま》の火祭」を見物に行こうという話がまとまり、私が東京から京都へ出かけていったのは十月下旬のことである。

昼前に東京を発《た》ち、午後二時頃には京都に着いた。

京都駅から四条河原町に出て少し街中を歩いてから、市バスに乗って出町柳《でまちやなぎ》駅へ向かった。バスが賀茂《かも》大橋を渡るとき、秋らしく澄んだ空を鳶《とび》の舞っているのが見えた。

叡山《えいざん》電車の改札は早くも見物客で混雑し始めていた。待ち合わせ時間には早かったなと思いながら柱にもたれていると、人混みの向こうから「大橋《おおはし》君」と呼ぶ声が聞こえる。そちらを見ると、中井《なかい》さんが手を挙げて歩いてきた。

「早いなあ」

「中井さんも」

「遅刻はきらいだからね。それに、みんなで集まる前にちょっとスクールを覗《のぞ》いてみようと思って」

「まだあるんですか？」

「あるよ。懐かしかった」

その英会話スクールは、出町柳駅から百万遍《ひゃくまんべん》交差点へ向かう道から、細い脇道に折れた奥にある木造の一軒家だった。外国人の先生ひとりが数人の生徒を受け持って一時間ほど教える。場所柄、生徒は大学生や研究者が多かったようである。私が通い始めたのは大学二回生の頃で、中井さんは同じ夜のクラスだった。当時、彼は修士課程の大学院生だった。

「昨日から妻と来てるんだよ」と中井さんは言った。

昨夜は河原町のホテルで一泊し、奥さんは今朝から京都の友人と一緒に寺巡りをしていて、一足先に東京へ帰るらしい。結婚披露宴にも招かれたし、水道橋のマンションへ遊びに行ったこともあるので、奥さんとは私も何度か会ったことがある。

我々は立ち話をしながら他の仲間を待った。

「よく集まったなあ」と中井さんは呟《つぶや》いた。

「……あれからもう十年ですからね」

十年という歳月は、長いのか短いのかよく分からない。東京で日々を送っていると、京都のことはずいぶん昔のように感じられる。しかし実際に京都までやってきて、こうして中井さんと言葉を交わしていると、さほど時間が経《た》ったとも思えない。

「大橋君が呼びかけてくれて良かった。そうでもなければ、僕はもう二度と行かなかったろうし」

中井さんがそう呟いたとき、地下の京阪へ通じる階段口から武田《たけだ》君が姿を見せた。我々の仲間内では一番歳下《としした》で、私が出会ったとき彼はまだ一回生だった。武田君は我々の姿を見つけて駆け寄ってくると、にこやかに笑いながら言った。

「やあ、先輩がた。ご無沙汰しております」

○

英会話スクールに通っていた頃、中井さんは仲間たちの中心だった。面倒見の良い人だから、色々な人を食事に誘ったりしていた。私が他のクラスの人たちと知り合うことができたのは中井さんのおかげである。今から十年前の秋、一緒に叡山電車に乗って鞍馬の火祭へ出かけた六人の仲間たちも、中井さんを中心に集まった生徒たちだった。

武田君をまじえて近況を話しているうちに、藤村《ふじむら》さんも姿を見せた。彼女は武田君と同い年で、今回の鞍馬への旅では唯一の女性だった。彼女は我々の姿を見て笑いだした。

「なんだか久しぶりな感じが全然しない」

「そういう感じがするだけだよ」と武田君が言った。「僕はずいぶん変わったからな。人間として大きくなったというか」

「それ本当？」

「いずれ滲《にじ》み出てくるから」

「それでは諸君」と中井さんが言った。「とりあえず貴船《きぶね》の宿まで行こうか」

最年長者の田辺《たなべ》さんは仕事の都合で少し遅れるということだったので、我々は改札を抜けて叡山電車に乗りこんだ。

叡山電車は市街地を抜けて北へ向かう。

学生の頃、叡山電車は私にとって浪漫だった。夕闇に沈む町を走り抜けていくその姿は、まるで「不思議の国」へ向かう列車のように見えた。たまに乗ったときには、ひどく遠くへ旅をしたように感じられたものである。そんなことを考えながら車窓を眺めていると、隣に立った藤村さんが話しかけてきた。

「大橋さん、呼びかけてくれてありがとう」

「まだ番号が通じてよかった」

「東京に戻ったら、うちの画廊にも寄ってください。仕事場から近いでしょう？」

「でも絵を買う趣味なんてないからなあ」

「いいんですよ、そんなの。遊びにきてください」

それから彼女は車窓を見つめて黙りこんだ。学生時代のことを思い返しているのかもしれない。

やがて彼女は口を開いた。

「どうして呼びかけようと思ったんですか」

「どうしてかな」

「何か理由があるんですか」

「理由なんてとくにないよ。そろそろいいだろうと思って」

「……そうですね。私もそう思います」

藤村さんは頷《うなず》いて車窓を眺めている。

十年前の夜、英会話スクールの仲間たち六人で鞍馬の火祭を見物に出かけた。仲間のひとりがその夜に姿を消した。

当時の新聞を探せば小さな記事が見つかるが、たいしたことは書かれていない。関係者の努力もむなしく、何一つ手がかりはなかったのである。まるで虚空に吸いこまれたかのように彼女は消えた。失踪当時、長谷川《はせがわ》さんは私と同じ二回生だった。

私がみんなに呼びかけたのは、彼女に呼びかけられたからではないだろうか。ふとそんなことを思った。次第に山深くなっていく車窓を眺めていると、沿線の杉木立の暗がりに、十年前に姿を消した長谷川さんが佇《たたず》んでいるように思われた。

そのとき、先ほど訪ねた画廊の情景が脳裏に浮かんできた。

○

昼過ぎに京都駅に到着したが、待ち合わせまでにはまだ時間があったので、私は四条へ出て繁華街を歩いた。

街には観光客が溢《あふ》れていて、外国人旅行者の姿も多かった。表通りの人混みをさけて裏通りに入って、高倉通を北へ向かった。ビルの谷間から見上げる秋の空は高く澄んでいて、学生時代にもこんな空を見たと懐かしくなった。

そうして歩いているうちに、ふと目の前をゆく女性の後ろ姿が気にかかった。その姿には超然とした雰囲気があった。背筋がまっすぐに伸びて、黒髪が秋の陽射《ひざ》しに光っている。いつの日か、どこか遠い街で、その後ろ姿を見たような気がする。

どうしてそんなに懐かしい感じがするのだろうと思っていると、その女性は高倉通に面した一軒の店に入っていった。チラリと見えた横顔は長谷川さんにそっくりだった。

「彼女であるはずがない」

そう思いながらも胸が高鳴って小走りになっていた。

その店は間口の狭い画廊で、銅製の看板には「柳画廊」とある。ショーウィンドウは銅色《あかがね》の布張りで、「岸田道生《きしだみちお》個展」というプレートとともに、一点の銅版画が展示されていた。妙に心惹《こころひ》かれる絵だった。黒々とした夜の木立の向こうを明るい列車が駆け抜けていく。手前にひとりの女性が立ち、その列車に呼びかけるように右手を挙げていた。こちらには背を向けているので顔は見えなかった。タイトルには「夜行——鞍馬」とある。

私は硝子《ガラス》扉を開いて画廊に入った。

奥行きの深い画廊は薄暗くて、かすかに香を焚《た》くような匂いが漂ってきた。乳白色の壁に点々とかかっている銅版画はいずれも暗い色調で、まるで白い壁に穿《うが》たれた四角い窓の向こうに夜の世界が広がっているかのようだ。分厚い硝子扉にへだてられて街の賑《にぎ》わいは遠のき、画廊の中は別世界のように静かだった。

しかし先に入った女性の姿はどこにもなかった。

私が戸惑っていると、奥の衝立《ついたて》の蔭《かげ》から画廊主らしい背広姿の男性が姿を見せた。まだ三十代後半ぐらいの男性である。

「いらっしゃいませ」

「今、ここへ女性が入ってきませんでしたか？」

画廊主は怪訝《けげん》そうな顔をした。

「……いいえ」

きっと見間違いだったのだろう、と私は思った。

十年ぶりに鞍馬の火祭へ出かけるという緊張が、ありもしない幻影を見せたにちがいない。ある種の区切りをつけるために鞍馬への旅を呼びかけたというのに、私はまだ長谷川さんがこの世界のどこかで暮らしているという確信を捨て切れずにいるようだ。

そのまま出ていくのも気が引けたし、待ち合わせまでには時間もあるので、しばらく銅版画を見ていくことにした。若い画廊主は穏やかな口調で、メゾチントという銅版画の手法や、作者の岸田道生という銅版画家について語ってくれた。

岸田道生は東京の芸大を中退後、英国の銅版画家に弟子入りして腕を磨き、帰国してからは郷里の京都市内にアトリエをかまえた。私が学生として京都に暮らしていた頃、岸田氏も同じように京都で暮らしていたことになる。しかし岸田氏は七年前の春に亡くなった。遺《のこ》された作品の管理は、生前から付き合いのあった柳画廊に託されたという。

「これらは『夜行』と呼ばれる連作で、四十八作あります」

天鵞絨《ビロード》のような黒の背景に白い濃淡だけで描きだされた風景は、永遠に続く夜を思わせた。いずれの作品にもひとりの女性が描かれている。目も口もなく、滑らかな白いマネキンのような顔を傾けている女性たち。「尾道《おのみち》」「伊勢」「野辺山」「奈良」「会津」「奥飛驒《おくひだ》」「松本」「長崎」「津軽」「天竜峡」……一つ一つの作品を見ていくと、同じ一つの夜がどこまでも広がっているという不思議な感覚にとらわれた。

「どうして夜行なんだろう」

私が呟くと、画廊主は微笑《ほほえ》んで首を傾《かし》げた。

「夜行列車の夜行か、あるいは百鬼夜行の夜行かもしれません」

○

我々が泊まることになったのは、貴船川沿いに軒を連ねる宿の一つで、叡電の貴船口駅から送迎車で山道を十分ほどのぼったところにあった。襖《ふすま》で仕切られた二間の座敷には貴船川の水音が大きく聞こえ、懐かしい畳の匂いがした。山向こうの鞍馬の賑わいが届くわけもないので、あたりはひっそりとしていた。

田辺さんの到着を待ちながら風呂に入ったりしているうちに、ぽつぽつと雨が降りだしたらしい。武田君が窓から身をのりだして空を見上げた。

「鞍馬の火祭っていうのは雨天延期になったりはしないんですか」

「さすがに雨で中止ってことはないだろう」

中井さんが畳に横たわりながら笑った。

「あの松明《たいまつ》は雨でも燃えると思うよ」

そのとき、ドスンドスンと階段をのぼる足音が聞こえてきて、「すまんすまん」と言いながら無精《ぶしょう》髭《ひげ》を伸ばした田辺さんが入ってきた。彼は仁王立ちして我々を見下ろした。

「くつろぎすぎだろう。祭りへ出かける気あるのか」

ようやく五人の仲間が顔をそろえ、皆で猪鍋《ししなべ》をかこむ頃になると、降り注ぐ雨は一段と激しさを増してきた。軒を叩《たた》く雨音が谷川の音とまじって宿を包み、山里の冷気が硝子窓越しに染み入ってくる。

「よく降りますね」

私は湯気に煙った硝子窓の外に耳を澄ました。

温かい鍋をかこんで宴席は賑やかだった。中井さんとは東京でも会っていたが、他の仲間たちと顔を合わせるのは数年ぶりのことだった。今ではそれぞれの仕事があり、それぞれの生活がある。そんなことを語り合いながら、誰もが長谷川さんについては触れようとしない。六人目の仲間を遠巻きにしているような感じだった。

窓の外の雨音を聞くともなしに聞いていると、あの画廊へ入っていく女性の横顔がふたたび脳裏に浮かんでくる。あのときにはたしかに長谷川さんだと思ったが、今になってその横顔の輪郭をなぞろうとすると曖昧になってしまう。

「大橋君、静かだね」

中井さんが鍋の向こうから言った。

「どうしてそんなに怖い顔をしてる？」

「昼間、長谷川さんを見たような気がして――」

私が思わず呟くと、皆はギョッとしたように黙りこんだ。

「もちろん見間違いですよ」と私は急いでつけくわえた。あとを追って入った画廊に彼女の姿はなかったのだから。

気まずい雰囲気を紛らわせるために、私はその画廊に展示されていた不思議な銅版画について話をした。「岸田道生という人の作品でしたよ」と言ったとき、田辺さんがハッとしたように顔を上げた。「あの画廊に寄ったのか。柳画廊だろう？」

「ええ、そんな名前でしたよ」

「俺も寄ったんだよ。すれ違いだったんだな」

「田辺さん、画廊なんて行くんですか」

「まあな。ちょっとな」

それきり田辺さんは黙りこんでしまった。

その奥歯に物の挟まったような言い方が気に掛かる。武田君や藤村さんを見ると、彼らもまた岸田道生という画家について何か心当たりがありそうだった。

しかし最初に口を開いたのは中井さんだった。

「その人の絵は僕も見たことがある。尾道へ行ったとき、ホテルのロビーに飾ってあったよ」

「尾道ですか」

「行ったことあるかな。広島の」

「どうして尾道へ？　ご旅行ですか」

藤村さんが訊《き》くと、中井さんは苦笑した。

「それが色々と事情があってね……」

そうして中井さんは尾道の思い出を語り始めた。その話に耳を傾けている間も、山里の夜に雨は降り続いていた。

第一夜　尾道

「尾道へ出かけたのは五年前のことだ。五月中旬の週末で、まるで初夏みたいな陽気だった」

そう言って中井さんは語り始めた。

すでに述べたように、英会話スクールで出会ったとき、中井さんは大学院生だった。やがて私が京都をはなれ、ほかの仲間たちとは連絡を取らなくなってからも、中井さんとだけは付き合いが続いていた。水道橋にあるマンションへ誘われて、何度か奥さんに夕食を御馳走《ごちそう》になったこともある。

「どうしてわざわざ尾道へ出かけたかというと、『変身』した妻を連れ戻しに行ったんだよ」

ここからは中井さんの話である。

○

話の発端は、尾道へ行く二週間前にさかのぼる。

仕事から帰ってくると家の明かりが消えていて、玄関からリビングへ通じる廊下がトンネルみたいに真っ暗だった。なんとなく胸騒ぎがした。妻は前の仕事を辞めたばかりで大抵は家にいたし、夜に出かけるときは前もって教えてくれていたからだ。リビングに伝言らしきものも見当たらなかった。

妻に電話をかけてみたが、なかなか出ない。

「何か事故でもあったんだろうか」

ハラハラしながら待っていたら、ようやく「はい」という小さな声が聞こえた。その声を聞いて僕は安堵《あんど》したが、妻から「いま尾道にいる」と聞かされて驚いた。昼過ぎに東京を出て、いまは尾道の宿泊先で休んでいる。妻はそんなことを億劫《おっくう》そうに説明した。

「しばらくこっちにいるつもりだから」

そう言われて、僕はあっけにとられた。

「どうして尾道なんだ？」

訊《たず》ねても、妻は電話の向こうで黙りこむばかりだった。電話に耳を押し付けていると、どこかで盥《たらい》に水の落ちるようなぴたぴたという音が聞こえてくる。

ふいに僕は猛烈に腹が立ってきた。

こっちにも彼女の夫としての責任がある。何の説明もなく突然家を出られても困ってしまう。だいたい義理の両親から連絡があったら何といえばいいのか。

そんなことを僕が言うと、妻は溜息《ためいき》をついた。

「どうでもいいでしょう、あなたの責任なんて」

そうして電話は切れてしまった。

僕はしばらく茫然《ぼうぜん》としていたが、その一方で「やはり」と思うようなところもあった。じつを言うと四月の中旬頃から、妻の態度に違和感を覚えていたからだ。

うまく言えないのだが、ときどき何の脈絡もなく、妻の顔に冷ややかな表情が浮かぶ。「心ここにあらず」といった感じで、話しかけても生返事しか返ってこない。僕が黙りこむと、しばらくして唐突に普段通りの妻が戻ってくる。何か僕が気に障るようなことを言ったのかと訊《き》いても、妻はキョトンとしていた。本当に気づいていないのか、ごまかしているのか分からなかった。

それにしても、妻の顔に浮かぶ冷たい表情はじつに厭《いや》な感じだった。その瞬間だけ、そこに別人が座っているように思える。体調が良くないのかと訊いても妻は「大丈夫」と言った。しかしその冷たい顔には何か理由があるはずだと僕には思えた。

「何か不満があるなら言ってくれないか」

妻はそんなことを訊かれるのも心外そうだった。

「違和感があるなら、それはあなたの問題じゃない？」

「そんなはずない」

「どうしてそんなふうに決めつけるの」

妻は僕の問題であるというし、僕は妻の問題であるという。そんな言い合いを繰り返しているうちに、妻はいっそう自分の殻にこもっていく。何か問題があることは分かっているのにその正体が摑《つか》めない。僕は苛立《いらだ》つばかりだった。

妻が家を出ていくまでには、そういう経緯があったわけだ。

はじめのうちは僕も怒っていた。「勝手にしろ」と思っていた。しかし時間が経《た》つにつれて頭も冷えて、自分の振るまいを反省するようにもなった。落ち着いて考えてみると、妻の言い分にも一理あるように思えてきたのだ。どうして僕はあんなに焦って妻を問い詰めるようなことをしたのだろう。どこかで自分の苛立ちを妻にぶつけているようなところはなかったろうか。

それから二週間、妻とは電話でやりとりをしていた。

妻の口調にはやわらかみが戻ってきたようだった。

「尾道へ来てからは毎晩ちゃんと眠れる」と妻は言った。「こっちに来て良かったでしょう、おたがいに」

「そうだね」

「あなたもちゃんと休んで。ここのところ、ずっとおかしかったから。本当はどこか遠くへ出かけるのがいいと思うけど」

「どれぐらいそっちにいるつもり？」

「……分からない。あんまり急いで決めたくない」

妻が滞在しているのは高台にある古い一軒家で、知り合いの女性が経営する雑貨店を手伝っているらしい。二階にある妻の居室からは、尾道の町と瀬戸内の島が一望できるという。

「その人とはどこで知り合ったの？」

僕が訊ねても妻は言葉を濁した。その点はやはり僕を不安にさせた。尾道に知り合いがいるなんて、それまで一度も聞いたことがなかったのだ。

「心配なら、様子を見に来れば？」

「……いいのかい？」

「尾道は来たことないでしょう」

「そうだね」

そのとき、とっさに僕は嘘《うそ》をついた。

○

尾道は瀬戸内海に面した広島県の町だ。

改札を抜けて駅前の広場を通りすぎると、陽光にきらめく海があって、対岸の向島《むかいしま》にある造船所のクレーンや行き交う船の姿が見える。僕は海からはなれた町で生まれ育ったから、いかにも遠くへ来たという感じがした。

しばらく海を眺めてから、山陽本線の踏切を渡って山の手の町へ向かった。

妻が滞在しているらしい雑貨店は「海風商会《うみかぜ》」というらしい。いかにも素人くさいホームページがあるだけで、その更新もかなり以前の日付で止まっていた。本当に営業しているのか疑問だったけれど、地図だけは印刷して持ってきた。

入り組んだ坂の町にはもう夏の匂いが漂っていた。

尾道というのは不思議な町で、海沿いから見上げたときには小さな町に見えるのに、坂の向こうには坂があり、小道はさらに枝分かれして、歩くほど町の奥深くへ迷いこんでいくように感じられる。民家の裏側を抜ける路地、草の生えた石段、古びた雨樋《あまどい》。そんな風景の中を歩いていると、衆議院選挙のポスターが異様なほど鮮やかに見えた。

「こんな町だったかなあ」と僕は思った。

妻には嘘をついたけれど、僕は一度だけ尾道へ来たことがある。

あれは大学院時代の夏休みだった。九州の実家へ帰省したあと、帰りに途中下車して半日ほどぶらぶらした。お盆が明けたばかりの尾道はひどい暑さで、焼けつくような陽射《ひざ》しが長い坂道を照らし、千光寺境内の木立を揺らす海風まで熱く感じられた。まるで白昼夢の中にいるようだった。あの八月の午後の記憶には現実感がなくて、こうして尾道を再訪しても「懐かしい」という気持ちは不思議と湧いてこない。

曖昧な地図が悪いのか、それとも僕が方向音痴なのか、辿《たど》るべき道を間違って、ずいぶん遠まわりをしたらしい。

二十分ほど歩いてから、ようやく僕は地図に記載されている坂道を見つけた。墓地の脇から高台へ向かう急な坂道で、右手には雑木林が続き、左手には民家が階段状にならんでいた。このうえさらにのぼらなければならないのかとウンザリした。

その坂をのぼっていく途中、妙な男とすれ違った。

その男は坂の上から猛烈な勢いで駆け下ってきた。危うく僕にぶつかりそうになって、相手はアッとのけぞるようにして立ち止まった。大きく目を見開いた顔が、水を浴びたみたいにテラテラしていた。この陽気にもかかわらず、ホテルマンみたいな制服をきちんと着こんでいる。一礼して男の脇をすり抜けるとき、相手は半身になって「すいません」と小声で言った。ぷんと厭な匂いがした。

すれちがってから振り返ると、男がふたたび坂を駆け下っていく姿が見えた。まるで何かを追いかけているようでもあるし、何かから逃げているようでもある。どういうわけか、その哀れっぽい後ろ姿が気にかかった。しばらく坂の途中に佇《たたず》んで、その男を見送ってから、僕はもう一度坂をのぼっていった。

ようやく辿りついた雑貨店はまるで廃屋のようだった。

青い瓦屋根の一軒家で、曇り硝子《ガラス》の引き戸の脇に「海風商会」という木彫りの看板がある。しかし人の住んでいるらしい様子がない。足下には崩れ落ちた瓦が散らばっているし、玄関先にならんだ鉢植えは砂漠のように乾いている。引き戸に手をかけるとガラリと開いて、奥から砂のような匂いが流れてきた。薄暗い廊下と階段が見えたけれど、それは人間の住居というよりも、洞穴を思わせる眺めだった。どこか遠くから、大きな盥に水滴の落ちるような音が聞こえてきた。こんなところで、本当に妻は暮らしているのだろうか。

「ごめんください」

僕はおそるおそる声をかけてみた。

まるで深い穴に小石を投げ入れているような感じがした。

「どなたかいらっしゃいませんか」

そうして耳を澄ましていると、ふいに階段上の暗がりから「はい」という涼しげな声が降ってきた。白くてほっそりとした素足が、古びた木の階段をぴたぴたと踏んで下りてきて、見覚えのある色白の顔が階段途中に浮かんだ。そこに立っている妻は僕が見たことのない白い夏服を着ていた。

「やあ、久しぶり。見つけるのに苦労したよ」

急に照れくさい気持ちになって、僕はそんなことを呟いた。

ところが相手は怪訝《けげん》そうな顔をした。

「どうしたの?」と僕は言った。

「……どちらさまですか?」

そう言って彼女は小首を傾《かし》げてみせた。

○

玄関先で言葉を交わしてみると、たしかに妻ではないらしい。

しかし他人のそら似というにはあまりにも似ていた。ひょっとすると血のつながりがあるのかもしれないと思った。

しかしその女性は妻のことを「まったく知らない」という。それどころか、その雑貨店はもう営業していないというのだ。

「もう半年も前に閉めたんですから」

彼女はそう言った。

これを聞いて僕はすっかり混乱してしまった。

「そんなにも奥さんにそっくりなんですか、わたし」

彼女は微笑《ほほえ》んだ。僕の言葉を疑っている様子はなかった。

海風商会は彼女が営んでいた手作り雑貨の店だったという。夫が駅前のビジネスホテルで働いている間、何かの足しにならないかと思って始めた店で、めったに客が来ることもなかった。

それを聞いたとき、先ほど坂道ですれちがったホテルマン風の男が頭に浮かんだ。

それにしても妻から聞いた話とは全然ちがう。「同じ名前の店は他にないはずですけど」と彼女も言った。妻に電話をかけてみたけれど、電源が入っていないようだった。

「奥様はこの店へ寄られたことがあるんですか？」

「それもよく分からないんです」

「不思議なお話ですね」

「どうもお騒がせしました。すいません」

　僕が引き上げようとすると、彼女は「あら」と言った。

「せっかくいらしたんだから、少し商品を見ていかれませんか。まだいくらか残っているはずですから」

　そうして彼女は僕の腕を柔らかく摑んだ。

「むさ苦しくて申し訳ないですけど奥に上がってください」

　テキパキとした喋《しゃべ》り方も妻そっくりだった。その勢いに飲まれて、僕はいつの間にかその家に上がりこんでしまった。

　スリッパを履いて薄暗い廊下を抜けると食堂があり、その向こうが十畳ぐらいの座敷で、簞《たん》笥《す》やテレビが置いてある。庭に面した縁側が開け放してあり、水に沈んだように暗い家の中でそこだけが浅瀬のように明るかった。高台にあるだけに、満開の躑躅《つつじ》の植えこみの向こうには尾道の町と海が一望できた。

「すいません、片付いてなくて」

　彼女は呟いたが、さほど気にしている風でもない。

「すごい汗！　いま飲み物をお持ちしますから」

僕は座敷に座って、運ばれてきたぬるい麦茶を飲んだ。

「尾道に来られるのは初めて？」

「ええ、そうです」

どうしてか、僕はまた嘘をついていた。

彼女はどこからか段ボール箱を取りだしてきて、僕の目の前にいくつか品物をならべて見せた。それは休日のフリーマーケットで売られているような、花のかたちに編んだコースターであるとか、手提げ袋であるとか、そんな素朴な品物で、色褪《いろあ》せた小さな値札がついていた。

「かわいいですね」と僕は言った。

「奥様におひとつ、いかがですか？」

彼女は僕の顔を覗《のぞ》きこんで言った。

それにしても彼女は妻と似ている。眉をひそめて麦茶を注ぐところや、上目遣いでこちらの顔を覗く仕草もそのままなのだ。まるで妻と一緒に尾道へ出かけてきて、古い家に忍びこんで遊んでいるような気がしてくる。まさか二週間やそこら離れていただけで妻の顔を忘れるとは思えない。ひょっとしてこの人は本当に妻なのではないか。妻が別人を演じて、僕を試そうとしているのではないか。そんな思いに駆られたほどだった。

しかし僕は何も言わず、彼女に勧められるまま小さなブローチを買うことにした。

「あら、お釣りが足りない」

「いいんですよ」と僕は手を振った。

彼女は甘えるような口調で「ごめんなさいね」と言った。

それからしばらく世間話をした。

「なかなか歴史のありそうな家ですね」

僕が言うと、彼女は座敷を見まわした。

「そのぶん安く借りられるんです。おかげで助かります」

この一軒家には老夫婦が住んでいたのだ、と彼女は語った。

夫を亡くしたあと、大家のおばあさんは向島の娘夫婦と同居することになり、この古い家を貸し出すことにしたのだという。おばあさんはまだ矍鑠《かくしゃく》としていて、この貸家の様子を見るためにしばしば向島から船で渡ってくる。茶飲み話をしていると、いつも孫娘の話題になる。この家に暮らしていたとき、向島で暮らす高校生の孫娘がよく遊びにやってきた。それはおばあさんにとって忘れられない思い出であるらしい。

「いつも同じ話なんです。まるで時間が止まってるみたい」

「歳《とし》を取るとそうなりますね」

「わたしの時間まで止まってしまいそう」

ふいに彼女は縁側に向かって耳を澄ます仕草をした。

「あ、聞こえる」

「何ですか」

「列車が通りすぎていくんです」

たしかに彼女の言うとおり、かすかな列車の響きが遠くから聞こえてくる。

「夜になったら二階の明かりを消して窓を開けるの。小さな光の行列が海に沿って走っていくのが見えますよ。とてもきれい。ときどき真っ暗な貨物列車が走るときもあるけど……あれはなんだか怖いものですね」

「ここから見たら、夜景はきれいでしょうね」

僕がそう言うと、彼女は内緒話をするように囁《ささや》いた。

「わたし、ほとんど二階に籠もって暮らしてるの」

「どうして？」

「勝手に出かけたりすると、夫が怒りますから。二階から一階へ下りるだけでも厭な顔をするんです。雑貨店もそういうわけで閉めることになって……。夫が仕事から帰ってくる気配がしたら、私は二階に隠れて息をひそめているんです」

はじめは冗談を言っているのかと思ったが、相手は真剣な顔をしている。なんだか異様な話だった。僕が落ち着かない気持ちで黙っていると、どこからか妙な音が聞こえてきた。それはごぼごぼという水音で、誰かがうがいをしているようでもあった。

「何かへんな音が聞こえませんか」

「へんな音って？」

彼女はハッとしたように膝立ちして、庭の躑躅を睨《にら》むようにした。その表情は仮面のようだった。その顔を見て僕は厭な気持ちになった。その冷ややかな表情は、この四月から妻の顔に表れて僕を苛立たせてきたものにそっくりだったのだ。

「ちょっと失礼します」

彼女はそう呟いて立ち上がり、そのまま座敷から出ていった。やがて二階への階段がみしみしと軋《きし》む音が聞こえてきた。まるで怪物が歩いているような重々しい足取りだった。耳を澄ましていると、ふいに足音は途絶え、それきり何の物音もしなくなった。

僕は庭の躑躅を眺めて時間を潰した。

ところが、いくら待っても彼女は戻ってこない。

十五分もすると僕は待ちくたびれて、コップをのせた盆を食堂へ運んだ。四人掛けのテーブルには薄汚れたテーブルクロスがかけられ、茶色い大きな染みもそのままになっている。天井から吊《つる》されたランプの笠《かさ》も埃《ほこり》だらけだった。そんなありさまなのに、壁際の食器棚にはぎっしりと食器が詰まっている。食器棚の脇には懐かしい黒電話がある。そしてコップを洗おうとして気づいたのだが、流し台は赤錆《あかさび》と埃に覆われていて、からからに乾いていた。蛇口をひねってみても、水は一滴も出ない。にわかに僕はゾッとした。

「こんなところに人が住んでいるはずがない」

僕はこっそりと廊下を抜けて玄関へ出てみた。

二階へ向かう階段は右に折れ曲がって、薄闇に壁の板目が浮かんでいた。声をかけたが返事はなく、底の知れない穴に呼びかけているようだった。彼女は二階で何をしているのだろう。そもそも彼女は本当に存在したのだろうか。まるでこの家にいるのは最初から僕ひとりだけのような静けさではないか。

そのとき、この一軒家の腐臭のようなものが、ふいに生々しく感じられてきた。

○

逃げるようにその一軒家を出て、僕は坂道をのぼった。

少し坂をのぼってから振り返ると、先ほどの一軒家の青い瓦屋根が見えた。屋根の一部が崩れて、蟻《あり》地獄《じごく》の巣のように凹んでいる。その中心に開いた黒々とした穴は僕をゾッとさせた。そんなものを見たのは初めてだった。ふたたび僕は歩きだして、もう二度と振り返らなかった。

時刻はもう四時半をまわっていた。

その坂をのぼりきると千光寺公園へ出た。

園内には躑躅の花が咲き、吹き抜ける風が木立の青葉を揺らしていた。夕暮れの気配を滲《にじ》ませた空の下に、モダンな市立美術館やレストランがある。そこまで来ると観光客の数も増えて、ようやく現実へ戻ってきたように感じられた。

僕は高台のレストランに入って珈琲《コーヒー》を頼んだ。

妻に電話をかけてみたけれど、やはり電源が入っていないらしい。まったくわけが分からない。どうして僕が訪ねる週末にわざわざ電源を落としているのだろう。僕と話す気はないということだろうか。しかし尾道へ来るように誘ったのは妻なのだ。彼女は今どこにいるのだろう。

電話も通じないとなると打つ手がなかった。

「そういえば、あの夏もこんな感じだった」

僕は五年前のことを思い出した。あの夏に尾道を訪ねたときも、僕はこのレストランで珈琲を飲みながら、連絡の取れない相手を待っていたのだ。

その相手というのは長谷川さんだった。

夏休み前、英会話スクールが終わったあとに彼女と世間話をしているとき、彼女の実家は向島にあって、祖父母の家は尾道にあるという話になった。向島の船着き場から見ると尾道は不思議な島のように見えるとか、尾道の古い町は迷宮みたいだとか、そんな彼女の話に興味をそそられた。僕は九州から京都に帰るとき、尾道で途中下車してみようと考えた。聞けば彼女もお盆前後に帰省するという。

「時間が合えば、お茶でも飲もうか」と僕は誘った。

彼女は「いいですよ」と気軽に言った。

その日の朝、九州を発《た》つときに電話をかけて、千光寺公園のレストランで会うことにした。ところが僕が尾道に着いて、そのレストランで待っていても、長谷川さんはなかなか姿を見せなかった。電話をかけてみても返事がない。あとで聞いたことだが、彼女は携帯電話を忘れて実家を出てしまったらしい。そうして祖父母の家で手伝いをしているうちに、約束の時間を過ぎていることに気づいたのだ。まったく長谷川さんらしくない失敗だった。

そういうわけで三十分遅刻して姿を見せた彼女は、気の毒なほど恐縮していた。炎天下を急いで駆けてきたせいで、畑仕事のあとみたいに首筋を汗で濡《ぬ》らしていた。手ぬぐいを使いながらションボリしている長谷川さんは、毎週夜に英会話スクールで会うときよりもずっと頼りなく見えた。「本当にごめんなさい」と彼女はしきりに謝った。なんだか新鮮な感じがして僕は嬉《うれ》しかった。

「いや、べつにいいよ。どうせ今日は暇だから」

「どうしてこんなに間抜けなんだろ」

「育った町に帰ると油断するよね。そういうことあるよ」

「でも、ごめんなさい。反省してます」

そう言って、彼女は小さな女の子みたいに笑った。

僕らはしばらくレストランで話をしてから、千光寺の境内を散歩した。境内からは尾道の町が見下ろせて、観光客を満載したロープウェイが行き来するのが見えた。眼下の色濃い夏木立からツクツクボウシの声が聞こえてきた。

長谷川さんは鐘楼のとなりにあるベンチに腰かけて、「淋《さび》しい気持ちになりますね」と言った。どことなく甘えたような口調だった。ここが郷里の町であることと、気が遠くなるような暑さが、長谷川さんを京都にいるときよりも柔らかくしているようだった。

「長谷川さんの家は向島にあるんだよね」

僕が言うと、彼女は細い腕を上げて島を指さした。

「あのあたりです。渡船で渡ってくるんです」

「どんなところ？」

「普通の住宅地ですよ」

ベンチに座ってしばらく海を眺めたあと、僕らは長々と続く千光寺坂をゆっくり下りていった。長谷川さんは尾道駅の改札まで僕を見送りに来てくれた。「また九月に」と彼女は言った。改札の向こうに立っていた彼女の姿は、京都までの車中で繰り返し僕の脳裏に浮かんできた。

それは長谷川さんが失踪する二ヶ月前のことだ。

彼女が姿を消したことは僕を打ちのめしたが、いっそう耐えがたかったのは、あの夜に鞍馬で何が起きたのか、まったく分からないことだった。それがあまりにもつらかったので、僕は彼女にまつわる一切を、鞍馬の夜の思い出も、それに先立つ尾道の思い出も、忘れてしまおうと努力してきた。

あれから五年が経った今、こうして尾道を再訪して、長谷川さんのことを思い出していると いうことが、僕に不吉な思いを起こさせた。そもそも彼女と妻にはどこか似通ったところがある。五年前に長谷川さんを飲みこんだ穴が今も開いているとしたら、妻もまた同じ穴へ吸いこまれたのだとしたら……。

僕はそんな妄想を慌てて振り払った。

「馬鹿馬鹿しい」

そして支払いを済ませてレストランを出た。

僕は千光寺の山門へ通じる坂をくだっていった。かつて長谷川さんと一緒に歩いた道だった。

転落防止の手すりに沿って「南無《なむ》千手《せんじゅ》観世《かんぜ》音《おん》菩《ぼ》薩《さつ》」と染め抜いた赤と紺の幟《のぼり》がはためいていた。眼下には尾道の町が一望でき、建てこんだ民家や寺院の屋根の隙間から瑞々《みずみず》しい新緑が溢《あふ》れていた。色濃くなった陽射しで瀬戸内海は銀色に輝き、遠くの島影は霞《かす》んでいた。

なんだか夢の中のような景色だと僕は思った。

○

僕はロープウェイに乗って山を下りた。

長い商店街を通り抜けて、予約してあるホテルへ向かった。とにかく妻と連絡が取れるまでは粘るつもりだった。

そのホテルが建っているのは山陽本線沿いに続く町中で、小さなスナックや定食屋が軒をつらねる一角だった。陰気なビジネスホテルの裏手は線路に面していて、貨物列車が通り抜ける音が長々と響いていた。

ロビーはがらんとしていて、フロントにも人影はなかった。

フロントの前に蒲鉾《かまぼこ》や干物など地元の特産品を積んだワゴンがあって、その中に手作りの雑貨があった。色褪せた小さな値札には「海風商会」と書いてある。いくら声をかけてもホテルの人間が現れないので、僕は諦めてロビーのソファに腰かけた。

ソファの脇に観葉植物の鉢が置かれていたが、それは黒い掌《てのひら》をたくさんぶら下げたような印象で、かえってロビーを陰気にしていた。そのことは壁に飾られた幾つかの風景画にも言えることで、それらの絵はいずれも暗い色調だった。そのうちの一点などは、まるで壁に開いた黒い穴のように感じられる。

僕はソファから立ち上がって、その絵に近づいてみた。

それはどうやら銅版画らしかった。手書きの白いプレートが下にあって、「夜行——尾道」というタイトルと、「岸田道生」という作者の名がマジックペンで書いてある。天鵞絨《ビロード》のような黒の背景に白の濃淡だけで描きだされているのは、暗い家々のかたわらをのぼっていく坂道だった。坂の途中に一本の外灯があって、その明かりの中にひとりの顔のない女性が立ち、こちらへ呼びかけるように右手を挙げている。見ていると絵の中へ吸いこまれるような気がした。理由がよく分からないのだが、不気味さと懐かしさの両方を感じた。

「お気に召しましたか?」

背後から声をかけてきたのはひとりのホテルマンだった。古ぼけた絨毯《じゅうたん》のような赤い制服を着て、大きな目で僕の顔をジッと見つめている。その頰は汗でびっしょりと濡れていた。すぐに気がついたのだが、先ほど山の手の町ですれちがった男に間違いなかった。

「印象的な絵です。この絵がこのロビーにかけられたときから、私も気にかかっております」

それからホテルマンは我に返ったように言った。

「お待たせいたしました、こちらへどうぞ」

フロントで宿泊手続きをしながら、ホテルマンはときどき顔を上げて僕の顔を見た。

「尾道にはよくいらっしゃるのですか」

「いや、初めてです」

また僕は嘘をついた。

ホテルマンは「失礼しました」と頭を下げた。

「どこかでお見かけしたように思いまして……」

「それはきっと、坂道ですれちがったからじゃないですか。あなたが坂の上から駆け下りてくるのを見ましたよ」

ホテルマンは小さく頷いた。

「……なるほど。そうでございましたか」

僕はフロント前に置かれたワゴンを指さした。

「そこにある雑貨、山の手のお店のものでしょう」

「仰《おっしゃ》るとおりです。妻が趣味でやっていたような店でございまして」

やはりあの一軒家で出会った女性は実在したんだ、と僕は思った。幽霊にでも出会ったかのように逃げだした自分が恥ずかしくなった。しかしあの高台の家は、とても人間が暮らしているようには思えなかったのだ。

「さっき、その店を訪ねてみたんですよ」

「おや。そうでしたか」

「奥さんには失礼なことをした。挨拶もせずに出てしまって……」

僕が謝るとホテルマンは怪訝そうな顔をした。

「奥さんとは？」

「あの家にいる奥さんですよ、あなたの」

「……あの家には誰もおりませんよ」

「誰もいないってことはないでしょう。奥さんが色々な商品を見せてくれましたよ」

ホテルマンはその大きな目で僕の顔を覗きこむようにした。こちらが不安になるような、洞穴のような目つきだった。

「あの家には誰もおりません」

ホテルマンは絞りだすようにもう一度言った。

彼は何かに怯《おび》えているようだった。照明に照らされた顔は水を浴びたように濡れていた。厭な匂いが鼻先を漂った。

「妻は出ていきました。あの家で暮らしているのは私だけです」

その口ぶりに僕は異様なものを感じた。

「……それでは何かの勘違いだろうね」

「そうでしょう。きっとそうです」

ホテルマンは早口で言って、僕の顔色をうかがうようにした。

○

狭い客室は熱気がこもってムッとしていた。

壁紙は色褪せているし、家具調度も古めかしい。

僕はシャワーを浴びて汗を流してからベッドに腰かけた。山歩きをした後のように疲れていた。初夏みたいな陽気の中、坂の町を歩きまわったのだから無理もない。

鞄《かばん》から取りだしたブローチを眺めてみた。小さな透明の袋に入っていて、「海風商会」というシールが貼ってある。高台の一軒家であの女性から買ったもので、あの家で起こったことが紛れもない現実だったという確かな証拠だった。

それにしても、尾道へ来てから辻褄《つじつま》の合わないことばかりだ。

廃屋のような高台の一軒家で暮らす、妻に瓜二《うりふた》つの女性。あの家には誰もいないと言い張る彼女の夫。そして肝心の妻には連絡が取れず、その居どころは今も分からない。

もう一度妻に電話をかけてみたけれど、やはり電源が入っていないらしい。

僕はベッドに寝転んで薄汚れた天井を眺めながら、東京にいた頃の妻の姿を思い浮かべようとした。しかしうまくいかないのだ。どういうわけか、先ほど高台の一軒家で出会った女性の顔や仕草ばかりが浮かんでくる。

「彼女はやはり妻だったんじゃないか」と僕は思った。

この二週間、妻はあの一軒家で暮らしていたのではないか。だとしたら、なぜホテルマンは「あの家には誰もおりません」なんて、見え透いた嘘をつくのか。どうしてあのように取り乱すのか。彼は何かを隠している。そして同じように妻も何かを隠している。そのように考えると筋が通る。

そこまで考えると、僕はうんざりしてしまった。

ベッドから起き上がって分厚いカーテンを開けると、ホテルの裏手を走る山陽本線を見下ろすことができた。

窓辺に立って線路を見下ろしているうちに、妻と一緒に夜行列車に乗った夜のことを思いだした。それはその年の四月初旬のことで、九州から東京へ向かう夜行列車は、真夜中にこの窓の下の線路を通りすぎたはずだった。

九州にある僕の実家へ、法事に出かけた帰りだった。

あちらでは楽しく過ごしたし、妻はこれまで通りに朗らかだった。わざわざ帰りに夜行列車に乗ったのも、妻が「旅行気分を味わいたい」と言ったからだ。

あの夜、僕らは個室の明かりを消して、深夜まで車窓を眺めていた。黒々とした山影や淋しい町の灯が流れ、通りすぎる見知らぬ駅舎の明かりが妻の横顔を青白く照らした。車輪がレールの継ぎ目を越えていく音に耳を澄ましていると、まるで夜の底を走っていくように感じられた。車窓をよぎる夜の町を眺めながら妻は言った。

「夜明けの来る感じがしないね」

今となってはそれが不吉な予言のように思える。

○

夜行列車で九州から戻って、一週間ほど経った夜のことだ。

深夜をまわって僕が帰宅すると、妻は先に布団に入って眠っていた。僕はできるだけ音を立てないようにシャワーを浴びてから、ソッと妻のかたわらで横になった。

うつらうつらしかけたとき、水をはった大きな盥に顔を沈められているような息苦しい感覚に襲われた。僕は見えない何かを振り払うようにして身体《からだ》を起こし、電球の明かりの下で息をついた。

かたわらの妻を見ると、人形のようにぴったりと瞼《まぶた》を閉じて眠っている。その唇の隙間から妙な音が聞こえてきた。口の中で舌を動かしているらしく、ぴたぴたと水が落ちる音のようにも聞こえる。その音のせいで僕も妙な夢を見たらしい。

じっと聞き耳を立てているうちに、ぴたぴたと舌を鳴らす音の合間に、何か言葉らしいものが交じることに気づいた。妻は夢の中で誰かに話しかけているらしい。その声は次第に高くなって、ついには罵りに近くなり、切迫した気配があたりに漲《みなぎ》った。

「おい、大丈夫か？」

僕はそう言って妻の肩に手をかけた。

その瞬間、彼女は獣のように唸《うな》って起き上がり、僕に摑みかかろうとした。まるで別人のような顔つきをしていた。ふいに我に返ったらしく、妻はハッと身を引くようにして、僕の顔をまじまじと見つめた。しばらくは互いの腕を摑んだまま、僕らは茫然と見つめ合っていた。やがて妻は溜息をついて、両手で顔を覆った。

「怖い夢を見てた」

それはこんな夢だったという。

妻は豆電球の灯った六畳ほどの座敷に座っている。小さな和箪笥と大きな盥のほかには何もないガランとした座敷で、まるで牢獄《ろうごく》のように荒涼としている。

——早くこんな部屋から出ていかなければ。

しきりに焦っているのだが、どうしても身体が動かない。

畳にぺたりと腰をおろしたまま、妻は半開きになった襖の隙間を見つめる。そこには階下へ通じる暗い階段口が見えていて、どうやらここは一軒家の二階らしい。外へ出るためにはその階段を下りなければならない。それは分かっているのだが、階下を覗くのが恐ろしくて、どうしても立ち上がることができないのだ。

そのうち、何者かが四つん這《ば》いになって階段をのぼってくる音が聞こえてくる。一段一段をべたりべたりと叩くような、不気味なほどゆっくりとした足取りだ。妻は重い身体を引きずって、和箪笥の隣に身をよせる。そんなところに隠れても意味がないことは分かっている。やがて不気味な足音は唐突に途絶え、息詰まるような夜の沈黙があたりを押し包む。

――誰も来なかった。

妻はホッとして溜息をつく。

しかし次の瞬間、階段口の暗がりから、誰かが自分を見つめていることに妻は気づく。

その人物は、きっちり首から上だけを階段から覗かせて、妻のほうへ顔を向けている。その顔は水を浴びたようにヌラヌラと光っている。妻は恐ろしくなって悲鳴を上げるが、相手はキョトンとした顔のまま、小首を傾げるようにして妻を見つめ続ける。

「その人の顔、あなたにそっくりだった」

そう言って妻は口をつぐんだ。

それからというもの、妻はよく悪夢を見るようになった。うなされた妻の声に起こされたことも何度かある。しかし妻は夢の内容について二度と語ろうとしなかった。

妻が黙って抱えこんでいる問題がそんな悪夢を見させるのではないかと僕は言った。しかし妻の意見は正反対だった。あなたがわけの分からないことを言って悩ませるからこんな悪夢を見るのだと妻は言った。

○

いつの間にか僕はベッドで眠っていたらしい。

気がつくと窓の外は暗くなっていて、しばらくは自分がどこにいるのか思い出せなかった。

そうだ、ここは尾道のホテルなのだ。明かりをつけて時計を見ると、午後七時をまわっていた。ひと眠りしたおかげで、少しは気分が落ち着いたようだった。

そのとき携帯電話が鳴った。妻かと思ったが、見知らぬ電話番号だった。僕が出ても、相手は何も言わずに黙っている。

「どちらさまですか?」と僕は苛立って言った。

しかし、すぐに電話を切る気にはなれなかった。電話の向こうで黙りこんでいるのが妻のような気がしたからだ。どうしてか、雨戸を閉ざした暗い座敷に座っている妻の姿が浮かんだ。妻が見たというあの悪夢からの連想かもしれない。やがて電話の向こうから、今にも消え入りそうな怯えた囁きが聞こえてきた。

「わたしです。午後にお会いした……おぼえていらっしゃいますか」

「海風商会の?」

「そうです。わたしです」

ホテルマンの妻だった。こうして電話で声を聞くと、妻が別人のふりをしているとはどうしても思えない。

「助けていただきたいんです」

「……どういうことです?　何を助けるんです?」

「わたしは夫が怖いんです」

彼女は絞り出すような声で言った。

「ずっと二階に閉じこめられてるんです」

「しかしそれは……」

「助けていただけませんか」

「どうして僕に言うんです？」

「他人のようには思えないから」

「もし危険を感じるなら、警察に相談すべきだと思いますよ。こんなことを言っては申し訳ないけれど、僕の手に負える問題ではないようだし……」

「お逃げになるつもりですか」

「逃げるとか逃げないとか、そういうことではなくて」

「……あなたに助けていただきたいんです、あなたに」

彼女がそう言ったとき、ゴンゴンとドアの鳴る音が聞こえた。

「ちょっと待ってください。誰か来たらしい」

「きっと夫です」

「まさか」

僕はドアまで歩いていって、覗き穴に目を当てた。

ホテルの廊下に立っているのはあのホテルマンだった。ドアにはりつくような格好をしているので、覗き穴から見える彼の頭は怪物のように膨らんで見える。薄い髪は汗でぐっしょりと濡れていた。今にも泣きだしそうな顔をして、彼はその頭をドアに打ちつける。先ほど聞こえたゴンゴンという鈍い音の正体はその動作だった。いったいどういうつもりだろう。僕はドアを左手で押さえ、覗き穴を覗いたまま息を殺していた。

電話の向こうから彼女の声が聞こえてきた。

「もしもし？　大丈夫ですか？」

あの高台の一軒家の二階から電話をかけているのだろう。その座敷の暗さが受話器から伝わってくるようだ。ふいに僕はハッとした。

――どうして彼女は僕の電話番号を知っているのか。

やはりこの女性は妻なのだ。かたくなに別人のふりをするのは、何か企《たくら》みがあってのことに決まっている。しかし電話で言い合いをしたところで始まらない。直接会って問い詰めることだ。僕は平静を装って言った。

「どうしろと言うんです？」

「駅のそばに商店街がありますでしょう。『きつね』というお寿司《すし》屋さんがありますから、そこで待っていてください。これからわたしも山を下ります」

「分かりました。うかがいます」

電話を切って覗き穴を覗くとホテルマンの姿は消えていた。僕は身支度をし、用心しながら客室を出た。しかし廊下でもエレベーターでもあのホテルマンには出会わなかった。

一階のロビーはひっそりとして薄暗く、フロントの明かりだけが煌々《こうこう》と輝いていた。ロビーを横切ろうとしたとき、フロントの電話が鳴り始めたが、あのホテルマンは姿を見せない。鳴り続ける電話は何か不吉な知らせのように感じられた。

そのときロビーの壁にかけられた銅版画が目に入った。

僕らの目は夜になると変化するのだろうか。「あぶりだし」のように、昼間には見えなかった要素が見えてくる。

僕は坂道の上に描かれた一軒家に気づいた。それはあの高台の一軒家にそっくりだった。二階の暗い窓の奥に人影があるように思える。しかしいくら銅版画に顔を近づけてもハッキリとは見えなかった。ひょっとするとそれは、偶然つけられた爪痕のようなものだったのかもしれない。

○

尾道の商店街は山陽本線の線路と並行して延びている、昔懐かしい感じのアーケードだ。多くの店舗はシャッターを下ろして、すれちがう人影もまばらだった。

自分の足音に耳を澄ますようにして歩いていくと、やがて左手に「きつね」という看板が見えてきた。間口が狭くて奥行きの深い寿司屋だった。僕は小上がりに陣取って刺身と麦酒《ビール》を頼んだ。時計を見ると八時を過ぎたところだ。

妻はなかなか姿を見せなかった。

僕は酒を飲みながら待った。僕は怒っていたが、どこかでホッとしていたこともたしかだ。

今までは霧の中を引きずりまわされるような苛立たしさがあったけれど、今では筋道を立てて考えることができる。妻とホテルマンがどのような経緯で出会ったのか分からないが、解決すべき問題はハッキリしたように思える。

そうしてひとりで飲んでいると、ががらと大きな音を立てて寿司屋の戸が開いた。割烹着《かっぽうぎ》を身につけた店員が「こんばんは」と言う。そちらを見た僕は不愉快になった。そこに立っていたのはあのホテルマンだった。彼は大きな目玉でジロリと僕を睨んだ。そして迷うことなく歩いてきて、僕の向かいにあぐらをかいた。

「お待たせしました」

「あなたを待っていたわけじゃないよ」

「そんなことは分かっています」

僕らはたがいに相手を睨んで黙りこんだ。まるで鏡を見ているような感じだった。ふいにホテルマンは机上に置いてあった僕のコップを手に取り、手酌で麦酒を注《つ》いで一息に飲んだ。

「仕事中でしょう」と僕は言った。「飲んでいいんですか」

「いいんです、そんなことは」

ホテルマンは口元を拭って息を吐いた。

どうしてこの男がやってきたのだろう。妻に頼まれて僕と話をつけにきたのだろうか。たしかに彼は怯えているらしい。しかし観察していると、彼が怯えている相手は僕ではないように思えるのだ。ときおり背後を振り返って、商店街を通りかかる人の姿を見張るようにする。その素振りは追い詰められた逃亡者のようだった。

麦酒を飲み干したきりホテルマンは何も言おうとしない。

僕はしびれを切らして口を開いた。

「妻とはどういう関係なんだ?」

ホテルマンはギョッとして僕の顔をまじまじと見た。

「……妻?　妻とは?」

「妻というのは僕の妻ということだよ」

ホテルマンはホッと息を吐いた。

「あなたの奥さんなんて私は何も知りませんよ」

「うしろ暗いところは何もないというのか?」

「少し声を落としていただけませんか。お願いですから」

小上がりもカウンターも客で埋まっているのに店内はひっそりと静かだった。僕とホテルマンの会話に皆が耳を澄ましているような感じがする。店員が新しいコップと麦酒瓶を持ってきてホテルマンの前に置いた。ホテルマンはさらに飲み、グッと身をのりだして囁いた。「なにか誤解されてるんじゃありませんか?」

その宥《なだ》めるような口ぶりが僕の癇《かん》にさわった。

「それじゃ君はどうしてここへ来たんだ?」

「お客さんのことが気になりまして」

「さっき部屋の前に立ってたな」

「知らんぷりなさいましたね。人が悪い」

ホテルマンはへらへらと泣き笑いのような顔をした。僕はいよいよ腹が立ってきた。この男はわけの分からないことを言って、僕をバカにしているのだと思えてきた。

「それならきちんと話をつけよう」

「いいですとも」

「あの一軒家には誰もいない。君はたしかにそう言ったな」

「ええ。誰もいるはずがないんですから」

「それなら二週間前からあの家の二階に隠れている女は誰なんだ。僕をごまかそうとしても無駄だよ」

「それそれ、それなんです」とホテルマンは勢いこんで言った。「私がここへ来た理由はそれなんですよ」

「それなら、さっさと本題に入ればいい」

「それじゃ訊《き》きますが、あなたは本当に見たというんですか」

「何を」

「その二階にいる女を」

「見たとも。あれは僕の妻だ」

「何を言うんです。そんなバカなことが——」

ホテルマンは耳障りな笑い声を立てた。

その顔からは血の気が引いていた。

◯

ホテルマンは酒を飲みながら語った。

「あの一軒家に引っ越してきたのは三年前です」

その経緯については、昼間にあの高台の一軒家で「ホテルマンの妻」から聞いた話と同じだった。彼は駅前のホテルへ通い、妻は玄関に近い一室を使って雑貨屋を開いた。

しばらくは平穏無事な生活が続いた。

しかし昨年頃から、ホテルマンは妻の素振りが気にかかってきた。雑貨店も開けたり開けなかったりしている。そしてホテルマンがいない間にどこかへ出かけたりしているらしい。

「妙だと思いましたよ」

「何か疑わしい証拠でもあったのか?」

「そんなものはありませんよ。ただ分かるだけですよ。夫婦なんですからね」

そんな古い一軒家を借りたのが間違いだったのかもしれない。家の中にあるものはすぐに埃でべたべたしてくるし、いつもどこかで水が洩《も》れるような音がしている。あらゆるものから生臭い匂いがする。しかしホテルマンが「おかしい」と言っても、妻はまったく取り合わなかった。

「おかしいのはあなたでしょう」

そんなことを言われて、言い争いになることが増えてきた。

怒った妻は二階に立て籠もり、彼がいくら呼んでも下りてこないようになった。仕事を終えた彼が一軒家に帰ると、たいてい家は真っ暗だった。彼は四つん這いになって二階への階段をのぼっていく。雨戸を閉め切った二階の座敷には妻がいる。しかし彼女が家に立て籠もっているなら、少なくとも彼は安心できたのだった。

「ところが今年の四月のことです」

ホテルマンは口ごもりながら語った。

「今夜は夜勤で帰らないと妻に言っておいて、私は夜更けになってから、こっそりとあの家へ帰っていきました。少し確かめたいことがあったんです。縁側からまわって一階の座敷に入ると、二階を誰かが歩きまわっている音がしました。どうもそれが妻の足音らしくない。私はゆっくりと階段を上がっていきました。すると妻が誰かと話している声が聞こえたんです」

しかしホテルマンが階段口から顔を出したとき、話し声も足音もピタッと止《や》んだ。豆電球の明かりがぼんやりと座敷を照らしていた。妻は壁際の和箪笥の蔭に身を縮めるようにして、ジッとこちらを見つめていた。その目がいやに光って見えた。

「誰かいなかったか。声がしたぞ」

「いるわけないでしょ」

妻はそう言って、けらけら笑いだした。

「ここは空っぽよ」

妻が言うのを聞いて、ホテルマンはゾッとした。

ふいに妻は和箪笥の蔭から飛びだすと、ホテルマンを突き飛ばして、凄《すさ》まじい勢いで階段を駆け下りていった。ホテルマンは慌てて追いかけたが、玄関へ出たときには引き戸は開け放されていて、妻の姿はどこにもなかった。裸足《はだし》のまま外へ出ていったらしい。彼もまた裸足のまま飛びだした。坂の途中にある外灯の明かりの中で、妻の白い姿がヒラリと踊るのが一瞬だけ見えた。寝静まった夜の町を、妻は風のように走り抜けていく。

幾度も見失いそうになりながら、ホテルマンは妻に追いすがって走った。やがて千光寺から山陽本線へ通じる長い坂道へ出た。息をついて坂の下に目をやると、妻は折れ曲がって続く坂道を駆け降りて踏み切りにさしかかろうとしていた。

「そのとき夜行列車が来たんですよ」

ホテルマンがそう言ったとき、僕の背筋を冷たいものが走った。

「踏切の手前に立って妻は振り返りました。見たこともないほど冷たい顔をしていた。あんな顔は見たことがない。あれは人間の顔じゃない」

ホテルマンは汗を拭った。

「そうして妻は線路へ飛びこんだんです」

○

「奥さんは自殺したっていうのか？」

僕が小声で訊ねると、ホテルマンは冷笑した。

「どうですかね」

「どういう意味だよ」

「だって列車は止まらなかったし、通りすぎたあとには何の痕跡もなかったですからね。つまり妻が飛びこむのを見ていたのは私だけなんですよ。誰が信じますか。それきり妻は消えてしまって、あの家は空っぽです。だからお客さんが私の妻と話をしたと仰ったときには驚きましたよ。そんなはずはないんだから」

そうしてホテルマンは黙りこんだ。僕はたまらなく不愉快になっていた。この男は本当のことを語っているのだろうか。

「君はあの家にひとりで暮らしているのか？」

「あんな家で暮らせるものですか」

「でも昼間、君はあの家へ行ったろう」

「それは気になるからです。ひょっとすると妻が戻っているかもしれないと思ってね」

「……二階は覗いてみたか？」

ホテルマンは恐ろしそうに首を振った。

「あんなところ、雨戸も閉めっぱなしで、真っ暗で、空っぽなんですよ。座敷の隅にある和箪笥のことを考えただけで私は厭な気持ちになる。妻がけらけら笑う声が聞こえるような気がする。階段をのぼっていく勇気なんてあるもんですか」

怒ったように言ってホテルマンは黙りこんでしまった。

いったい何が起こっているのだろうと僕は思った。なぜこの男はこんなことを熱心に僕に話すのだろう。いつの間にか寿司屋の客は減っていて、静けさの質が変わってきたような気がした。まるであの家の暗い二階に閉じこめられているように感じられてきた。

「どうしてそんな話を僕にするんだ」

「どうしてですかね」

「君の家庭の事情なんか興味はないんだ」

「それにしてはずいぶん熱心に聞かれていたようですが」とホテルマンは言った。「たいへんな汗ですよ」

たしかに僕もホテルマンと同じように厭な汗をかいていた。

ホテルマンは汚れたハンカチで口元をおさえ、上目遣いをして僕を見た。「お客さんは」と言った。

「私の妻の居どころをご存じなのではないですか?」

その顔を見返しているうちに、この薄気味の悪い男が心底憎らしくなってきた。この男こそが諸悪の根源だと思えてきた。この男はデタラメばかり喋っている。

「奥さんの居どころなんて分かりきってる」

僕が言うと、ホテルマンはたじろいだようだった。

「どこだというんです？」

「知ってるくせに。あの家の二階さ」

「そんなわけがない。あそこには誰もいないんですよ」

「たしかに誰もいない」

「それなら……」

「奥さんはもう死んでる。君が殺した」

「何を言うんです、お客さん」

「そうじゃないのか」

「それなら、あの夜行列車に飛びこんだのは誰なんです」

「……分かっているくせに」

ホテルマンは何も言うことができず、その大きな目を見開いて喘《あえ》ぐばかりだった。みるみる顔が青ざめていく。そのまま気を失うのではないかと思ったほどだ。

やがて彼は立ち上がり、よろめきながら出ていった。

○

妻と夜行列車に乗った夜のことを思い出す。

「夜明けの来る感じがしないね」

妻がそう呟いてから間もなく、我々を乗せた夜行列車は尾道駅を通りかかった。あたりがパッと明るくなって、蛍光灯の明かりに照らされた無人のホームが車窓を通りすぎていった。

「尾道って来たことある?」

妻が駅名を見て言った。

「いや。来たことない」

僕はそう言った。どうして嘘をついたのだろう。

尾道駅を通りすぎると、山陽本線の線路際にまで迫った古い町並みが続く。寺の門へ通じる石段や、建て込んだ家並みの隙間を這い上がっていく坂道が見える。一瞬で通りすぎていくそれらの坂は、見知らぬ国へ通じるトンネルのような、神秘的な印象を僕に与えた。

そうして僕らは車窓を通りすぎていく尾道の町を眺めていたのだが、やがて列車が千光寺へ通じる長い坂の下を通りかかったとき、踏切の信号機のかたわらにひとりの女性が立っているのが見えた。列車はあっと言う間に通りすぎてしまったが、僕にはその女性が自分に向かって手を振ったように思えた。

その瞬間、八月の陽射しに照らされる坂道の情景が浮かんできた。思い出したのは、あの大学院生時代の夏、長谷川さんに会うために尾道で途中下車した午後のことだ。

千光寺を見物したあと、僕らは千光寺坂を歩いて下った。

折れ曲がりながら古い町を下っていく坂道は、強い照り返しで白々として見えた。瀬戸内の空は目がくらむほど青く、あたりは湯に浸かったように暑かった。日傘の作る濃い翳《かげ》の中に、長谷川さんの白い頰と首筋が幻のように浮かんでいた。

僕らは坂道を歩きながら、京都へ戻ってからのことや、英会話スクールの仲間たちの噂《うわさ》を語り合っていた。できるだけ早めに京都へ戻って勉強するつもりだと彼女は言った。

「そうか。学部生は九月に試験だね」

「こっちにいると、ついついグウタラしちゃうんです」

「意外だな」

「そうですか?」

「長谷川さんはしっかりして見えるから」

「そんなふうに言われても嬉しくないですよ。ほんとは全然しっかりしてない。弱いところを隠してるだけ」

「どうして?」

「昔からそうなんです」

「頑張って隠してるのか」

「そうですよ。今日だって遅刻して。恥ずかしい」

「べつに弱みを見せてくれてもいいのにな」

できるだけ冗談めかして僕は言ってみた。

「何か悩みごとがあれば相談に乗るよ」

「……どうですかね。悩んでるつもりですけどね」

長谷川さんは坂の途中で歩みを止めた。その視線の先には海沿いの町があり、彼女が渡ってきたという向島がある。しかし彼女が見つめているのは、それらの風景とは違う何かであるようだった。僕が戸惑っていると、彼女の口元に微笑が浮かんだ。

「先輩は解決できることにしか興味ないから」

そう言って、彼女はふたたび坂道を歩き始めた。

それは深い意図もなく、なんとなく口にした言葉だったのかもしれない。なんといっても僕らはまだ出会って半年ぐらいで、彼女は二十歳の大学生だったのだ。しかし僕は自分を見透かされたような気がして、思わず立ち止まりそうになった。

「たしかにそういうところはあるね」

僕はそう呟くのが精一杯だった。そうして、焼けつくような長い坂道を彼女と一緒に下りていった。

おそらく僕自身がうすうす勘づいていて、誰かに指摘されることを怖れていたからだろう。僕には長谷川さんがこう言っているように感じられたのだ——あなたは本当に厄介な問題からは逃げる人間だ、一番肝心なところでは頼りにならない人間だ。

やがて僕が夜行列車の客室で我に返ると、妻は車窓に額を押しつけるようにして黙りこんでいた。その横顔は異様に冷ややかで、まるで目の前にいるのが別人のように感じられる。声をかけても返事をしない。肩を摑んで揺さぶると、妻はようやく我に返った。

「何?」

「どうしたの。ボーッとして返事もしないから」

「ボーッとしてた?」

「してたよ」

それでも妻はまだキョトンとして車窓を見つめていた。淡い町の明かりが妻の顔を照らしていた。

夜行列車は夜の底を走り抜けていく。

僕はもう一度、車窓の風景を眺めた。あの坂の下の踏切に立っていた女性は誰だろう。一瞬のことだったけれど、その姿は長谷川さんを思わせた。しかしそんなはずはなかった。彼女は五年前に鞍馬で姿を消して、今でも行方が分からないのだから。

そんなことを考えていると、唐突に妻が言った。

「なんだか怖いものが見えなかった?」

「怖いもの?」

「女の人よ」と妻は言った。「踏切のところに立ってた。見なかった?」

「……いや、気づかなかった」

僕は首を振ってみせた。

「何が怖かったの?」

妻はしばらく考えこんでから言った。

「……なんだか自分を見てるみたいだった」

○

僕は急いで支払いを済ませると寿司屋を出た。

静まり返った商店街にホテルマンの姿は見えなかった。

僕は商店街の脇に延びる路地を抜けて車道に出た。道の向こうを山陽本線が走っていて、踏切の向こうに見える石段は寺の門へと続き、そこから山の手の町が始まる。

「助けていただきたいんです」

彼女の声が耳元で聞こえるような気がした。

どうして妻の変身が始まったのか、あのホテルマンと何の関係があるのか、そんなことはどうでもよかった。大事なのは妻が僕に助けを求めているということだ。あの一軒家の二階にいる妻を一刻も早く連れだして尾道を出よう。僕はもっと早くこの町へやってくるべきだった。そもそも妻の手を放すべきではなかった。

――本当に厄介な問題からは逃げる人間。

そんなことはない、と僕は思った。そんなことはない。

僕は急いで踏切を渡り、がらんとした寺の境内を抜けた。

寝静まった山の手の町は、昼間とはまったく印象が異なっていた。外灯に照らされた石段や横道は水族館の薄暗い通路のように陰気に見えた。自分の足音だけが大きく聞こえた。

あの高台の一軒家を目指して夜の町を歩くうちに、次第に廃屋が目につくようになってきた。明かりが灯《とも》っておらず黒々としているのでそれと分かる。崩れ落ちた壁に青いシートがかけてあったり、古びた瓦が門前に積んであったりする。それらの朽ちた家が増えるにつれて、町はいっそう暗くなっていく。

しばらく歩いて振り返ると、海沿いの夜景が眼下に広がっていた。そのときほど夜が夜であると感じられたことはない。夜明けの来るような感じがしなかった。

あの高台の一軒家へ続く坂道に辿りついたとき、廃屋の蔭から黒い影が滑りでてきた。あのホテルマンだった。

「どこへ行くつもりです」

「あの家へ行くんだ」

「よしてください。あそこには誰もいないんだから」

「僕は妻を迎えに行く」

そう言ったとたん、ホテルマンが身体ごとぶつかってきた。

気がつくと僕は路上に押し倒されていた。

ホテルマンが馬乗りになって首を絞めてきた。憤怒の形相が鼻の先にあって、滴る汗が降りかかってくる。しかし怖いとは思わなかった。僕が感じていたのは恐怖ではなくて怒りだった。心の隅の暗がりから急速に燃え広がって、自分を変身させてしまうような、今までに感じたことのない怒りだった。

右腕を伸ばすと分厚い瓦の破片に手が触れた。それを摑んで、僕はホテルマンのこめかみを殴りつけた。なんともいえない手ごたえがあった。呻《うめ》き声が聞こえた。続けざまに二度、三度と殴るうちに、その呻き声も聞こえなくなった。相手は力を失っていた。ぐったりとした相手の身体を押しのけて僕は激しく息をした。

しばらくして、僕はやっとのことで立ち上がった。

ホテルマンは路上に横たわり、背中を丸めるようにして目をつむっていた。ひどく哀しげで、今にも泣きだしそうな顔つきだった。念のために僕はもう一度その頭を強く打った。ホテルマンは暗がりの底で溜息をつくような音をさせるだけだった。

僕は瓦を投げ捨てると、血に濡れた手を見つめた。

○

あの高台の一軒家を目指して僕は歩いていった。

坂道の左手に軒を連ねる民家の明かりは消え、右手の雑木林は黒々としていた。坂の途中に外灯がぽつんと立っていて、その先は暗いトンネルのようだった。

僕は闇を透かして血に濡れた手を見た。

ホテルマンの頭を打ち砕く感触と、最後に彼の洩らした溜息がよみがえってきた。それはまるで僕自身が洩らした溜息みたいだった。そのとき僕はようやく確信したのだ——妻の変身は僕の変身でもあるということを。

顔を上げて坂の上を見たとき、白い夏服を着た女性が闇の奥から姿を見せた。外灯の下に佇んで右手を挙げ、こちらへ微笑みかけている。それは僕を待っていた妻だった。

「迎えにきたの。さあ、一緒に帰りましょう」

妻は僕に寄り添って暗い坂道を歩き始めた。

そうか、あの家へ帰るんだな、と僕は納得した。

「君はあの家の二階にいたんだね」

「そう。ずっとあそこにいた。暗室みたいに暗かった」

「もう心配ない。あの男は片付けたよ」

「いい気味ね」

妻は俯《うつむ》いてくつくつ笑っていたが、ふいに顔を上げて呟いた。

「あ、聞こえてきた」

「何が？」

「列車が走っていく。あの二階からだと見えるんだけど」

山の下から踏切の音が聞こえてきた。

――夜行列車が通りすぎていく。

どうして僕は妻を連れ戻せるなんて思いこんでいたのだろう。たしかに僕は愚かだった。何も分かっていなかった。しかし少なくとも逃げることだけはしなかった。そんなことを考えていると、ふいに穏やかな哀しみが湧いてきて、僕は思わず立ち止まった。

妻が振り返って言った。

「どうしたの、もう歩けない？」

「ちょっと哀しくなったんだ」

「あと少しだから、頑張って」

「そうだね。さあ、帰ろう」

そう言って手を伸ばすと、妻は血に濡れた僕の手を握ってくれた。すると僕の哀しみはやわらいでくるようだった。あたりを包む夜の闇が甘美で親しいものに思われてきた。僕は妻の手を強く握り返しながら、もう二度と放すまいと思った。

そして僕らは固く手をつなぎ、高台の一軒家へ帰っていった。

第二夜　奥飛騨

「僕は旅そのものというよりは、やっぱり旅仲間に興味を惹《ひ》かれますね。一緒に旅をするというのは、みんなで一つの『密室』に閉じこめられるみたいなものだから」

二番目に語り始めたのは武田君だった。

彼は私よりも一つ歳下《としした》で、英会話スクールで出会ったときは一回生だった。繊細そうな外見をしているが意外に図太いところがあって、中井さんや田辺さんともすぐに打ち解けていたようだ。長谷川さんが「武田君は甘え上手だから」と評したことがあり、たしかに彼にはそういうところがあると思った。

武田君は大学を出てから、東京にある科学技術系の出版社に就職した。教科書や一般向けの概説書を作っているという。

ここからは武田君の話である。

○

これは四年前の秋、飛驒へ出かけたときの話です。

勤め先に増田《ますだ》さんという三十代の男性がいます。就職したばかりの頃、同じ部署で色々と指導してくれた人です。今ではそれぞれ別の部署にいますけど、プライベートではよく一緒に食事に行ったり、遊んだりしているんです。

十月の終わり頃、その増田さんから昼食に誘われて、「十一月の三連休に飛驒へ行かないか」と言われました。旅のメンバーは増田さんと僕のほかに、彼の恋人の川上美弥《かわかみみや》さんと、彼女の妹の瑠璃《るり》さんだということでした。

正直なところ、気楽な道連れとはいえません。これまでにも何度か遊んだことがありますから、増田さんと美弥さんの間柄はよく分かっていました。二人とも仕事はできる人ですが、二人揃《そろ》うと子どもみたいになってしまう人たちで、しょっちゅう喧嘩《けんか》してるんです。妹の瑠璃さんという人は、美弥さんのマンションに同居して都内の大学に通っているのですが、姉の美弥さんとは対照的に気が弱くて万事彼女の言いなりです。旅先で険悪になった場合にはなんの役にも立たないだろうなと思いました。

「だから僕を誘うわけですか」

僕が言うと、増田さんは「頼むよ」と笑いました。

まあ、僕はそういう役まわりもきらいではないので、「それなら行きます」と返事をして、十一月に出かけていったわけです。

僕の努力の甲斐《かい》もあって旅の前半は穏やかに進みました。

新宿駅で待ち合わせ、特急あずさで松本まで行き、城下町をぶらついて、その日は市内の宿に泊まりました。

翌日はレンタカーを借りて、松本から峠を越えて飛驒高山へ向かう予定でした。増田さんが宿の部屋で地図を広げ、「国道158号線は昔、野麦街道と呼ばれたんだよ」と教えてくれました。飛驒の山奥から製糸工場へ働きに出る女工さんたちが歩いた道だったそうです。みんなで地図を覗《のぞ》きこんで、増田さんの蘊蓄《うんちく》に耳を傾けるのも旅の趣きがあって、「これなら明日も余裕だな」と僕は思っていました。ちょっと拍子抜けしたほどです。

ところが翌日の朝から雲行きが怪しくなってきました。どういうわけか、美弥さんのご機嫌が猛烈に悪かったからです。

レンタカーの車内の空気はひどく重たいものになりました。

助手席の美弥さんはそっぽを向いているし、増田さんは無言のままハンドルを握っています。こういうとき増田さんは素直に美弥さんのご機嫌を取ることができないんです。後部座席で僕の隣に腰かけている瑠璃さんは石像になったみたいに身動きしません。お姉さんの機嫌が悪くなったときの彼女はいつもそんなふうでした。しばらくは僕も頑張ったのですがどうにもなりません。僕が匙《さじ》を投げてしまうと、もう誰も口をききませんでした。

松本市街を西へ抜けた国道158号線は山深くへもぐりこんでいきました。やがて国道は旧野麦街道とは分かれて安房《あぼう》峠へ向かいます。長いトンネルを抜けたら奥飛騨で、そのまま山道を下っていけば、十一時頃には飛騨高山の町に入れるはずでした。

○

僕らがそのおばさんに出会ったのは、飛騨高山へ下っていく途中のことです。

最初に目に入ったのは、道路脇に停車しているミニバンでした。その車の隣に背広姿の男性が立っていて、大きくこちらへ手を振っていました。どうやら助けを求めているようでした。その姿を見たとき、ふいに背筋がぞくりとしました。クリーム色のミニバンはありふれたもので、男性は礼儀正しそうだったから、どうしてそんな印象を受けたのか分かりません。

助手席の美弥さんが鼻を鳴らしました。

「止まらないで」

「そういうわけにはいかないよ」

増田さんは宥《なだ》めるように言って速度を落としました。

ミニバンの後ろに車を止めると、増田さんはドアを開けて出ていきました。車内がしんとして、美弥さんの舌打ちが大きく聞こえました。フロントガラスを透かして見ていると、背広姿の男性はミニバンを指しながら何か説明をしているようです。

僕も外の空気が吸いたくなったので、車から降りて彼らの方へ歩いていきました。秋の空気はきりっと冷たくて、湿っぽい落ち葉と土の匂いがしました。

その男性は飛騨高山へ叔母さんを送っていく途中だということでした。しかし車の調子が悪くなって、このままではいつ走れるようになるか分からない。困ったことに叔母には飛騨高山市内で小さな講演会をする予定があって、開始時間も決まっている。もしこれから皆さんが高山方面に向かうなら、自分の叔母を同乗させてもらえないか、という話なんです。ずいぶん唐突な話だと思ったけれど、それだけ切羽詰まっているということでしょう。

「かまいませんよ、お送りします」

増田さんが言うので、僕は慌てて囁《ささや》きました。

「待ってくださいよ。どこに乗せるつもりです？」

「美弥には後ろに座ってもらえばいい。君たち三人でもなんとか座れるよね？」

「やばいですって。美弥さん、怒ると思うけどなあ」

これは美弥さんに対するいやがらせらしいと思いました。彼女には僕から話したほうが無難だろうと思って、すぐに車へ引き返しました。美弥さんは眉間に皺《しわ》を寄せていました。

「あの人、何をぐずぐずしているの？」

「前の車が立ち往生してるらしいんです。それで、ひとりだけ高山まで乗せてもらえないかって頼まれまして……。少しの間だけ後部座席で我慢してもらえません？」

「いやよ、そんなの。どうして勝手に決めちゃうわけ？」

「増田さんが引き受けちゃったんです。美弥さんも悪いんですよ。朝からあんなふうに不機嫌にしてるんだから。増田さん、腹いせのつもりですよ」

「私が悪いって言うの」

「増田さんも陰湿だと思いますけどね」

「そうよ。ホントそう」

「でも、困ってる人を助けるのは良いことでしょう?」

ミニバンから初老の女性が降りて、ニコニコ笑いながら歩いてくるのが見えました。地元の商店街を歩いていそうな地味な格好をした女性で、わざわざ山を越えて講演会へ喋《しゃべ》りにいくようには見えません。それなのに僕はふたたび背筋がぞくりとするのを感じました。美弥さんも同じ印象を受けたようでした。

「いやな感じ」と彼女は呟《つぶや》きました。

○

同乗することになった女性は「ミシマ」と名乗りました。

飛騨高山へ山道を走る間、ミシマさんは助手席で賑《にぎ》やかに喋り続けました。増田さんがもっぱら聞き役にまわっていましたが、彼が合いの手を入れなくてもミシマさんは平気で喋っていたろうと思います。それまでの気まずい沈黙にくらべれば気は楽です。美弥さんは不機嫌そうに黙って窓の外を睨《にら》んでいて、彼女と僕に挟まれた瑠璃さんは身を縮めるようにしていました。

見知らぬ他人の車に乗るのは落ち着かないでしょうと増田さんが言うと、ミシマさんは「何も心配してませんよ」と朗らかに言います。「顔を見れば分かりますから」

「そんなに良い顔をしてるかな」

「人を見るのは得意ですからね」

「このあたりのご出身ですか?」

「岡谷の生まれですけど結婚してからは松本です」

曾祖父は製糸工場を経営して、岡谷のミシマ家は大きな家だったが、ミシマさんが結婚する頃には「没落」していた。夫は長年地銀に勤めて、子どもは三人。長男は松本市内で飲食店を経営していて、長女は民芸家具の会社に勤め、次男は東京で働いている。夫は退職してすぐに急病で亡くなったから今は長男の家のそばで一人で暮らしている。長男の店でちょっとした手伝いや孫の世話をすることもあるし、自分の仕事もあるから淋《さび》しいと思うことはない。いつも忙しくしているのは健康のためにも大事なことだ。今日も飛騨高山で講演会の仕事があって、甥《おい》っ子に車で送ってもらう途中だった――そんなことをミシマさんは語りました。

「何の講演会なんですか?」

僕が訊《たず》ねると、ミシマさんは不思議なことを言いました。

「みなさんみたいな人には面白くない話かもしれませんけど、私は未来を見るんです。そういう話を聞きたいっていう人が大勢いらっしゃいましてね」

「手相とか、占星術とか？」

「そういう難しいのは分かりません。頭はそんなによくないですから」とミシマさんは笑った。

「私のは簡単なんです。ただ、その人の顔を見るだけ。そうすると色々と浮かんでくることがあるでしょう。人間の顔っていうのは色々なものを表してるのね。これまでのことはぜんぶ顔に表れているし、これからのこともだいたい分かりますわね。それをあれこれ喋ってあげるんです」

そのとき、意外なことに瑠璃さんが声を出しました。

「私の顔はどういう風に見えますか？」

「それはよくないと思うなあ」と増田さんが諭すように言いました。「それはミシマさんの仕事なんだから……」

「いいんですよ」とミシマさんは微笑《ほほえ》みました。「でも厭《いや》なものが見えてしまうこともありますからね。見えてしまったものというのは、見なかったことにはできませんよ」

そのとき、美弥さんがとげとげしい口調で言いました。

「私、そういうの信じませんから」

とにかく何か厭なことを言ってやりたかったんでしょう。

ミシマさんが振り返って、後部座席の我々を舐《な》めるように見まわしました。まるで長刀《なぎなた》を一閃《いっせん》するような目つきでした。僕はギョッとしましたし、美弥さんや瑠璃さんも驚いたようです。気がつかなかったのは運転席の増田さんだけでした。

「そんな言い方しなくてもさ」

増田さんは言って、ミシマさんに「すいません」と謝りました。

「私は何も気にしませんからね」

ミシマさんは元に向き直って、穏やかな声で言います。

「こういう仕事をしていると、色々なことを言われますからね。ちっとも気にしませんよ」

それからはミシマさんも黙りこんでしまいました。

それにしてもさっきの目つきは何だったんだろう。もちろん僕は「未来を見る」なんていうオカルト的な話は信じません。けれどもミシマさんの目には確かに何か異様なものがあったんです。飛騨高山へ向かう間、僕はときどき助手席のミシマさんをサイドミラー越しに見ました。彼女は真剣な顔をして手帳に何か書きこみながら、「講演」の準備をしているようでした。

やがて国道の両側には古い石垣や商店が増え始め、僕らは飛騨高山の市街地に入ったようでした。松本の宿から見た空は冷たく冴《さ》え返っていたけれど、高山の空には柔らかみが感じられました。町によって空の色も違う気がします。

ミシマさんの講演会が開かれるのはJR高山駅の西にある文化会館で、思いのほか近代的で立派な建物でした。彼女は駐車場で降りて礼を述べ、いったんは歩き去るかに見えましたが、ふいに小走りで戻ってきました。そして、こう言ったんです。

「東京へお戻りなさい」

「もちろん帰りますよ、明日には」

増田さんが言うと、ミシマさんは強く首を振りました。

「今すぐ帰らなければ手遅れになります」

この人は何を言っているんだろう、と我々は顔を見合わせました。けれどもミシマさんの顔は真剣そのもので、冗談を言っているようには見えないんです。

「お二人の方にシソウが出ています」

彼女が「死相」と言ったのだと気づくまでには時間がかかりました。あっけにとられている僕らを残し、ミシマさんは小走りで文化会館の中へ消えてしまいました。

○

「死相」とは、病気で死期の迫った人間の顔に表れるものです。その字面に思い至ったとき僕が思い起こしたのは、亡くなる直前に病室で見た祖父の顔でした。子どもだった僕の目に祖父の顔は異様に小さく映りました。皮膚の色も違いました。自分の知っている祖父とは別人のようでした。あれが死相というものでしょうか。

そんなことを考えて僕はみんなの顔を見まわしましたが、当然「死相」なんて表れているはずがありません。

美弥さんが車から出て、助手席に乗りこみました。

「……すごい捨て台詞《ぜりふ》。恩を仇《あだ》で返すって感じね」

増田さんは「うーむ」と唸《うな》って、ハンドルを抱いています。

ミシマさんの捨て台詞について、僕らは意見を述べ合いました。とはいえ、結論は最初から決まっています。旅先でたまたま出会ったおばさんの言うなりに引き返す人間はいないでしょう。

第一、美弥さんがそんなことを許しません。飛騨高山では彼女の芸大時代の先輩が民芸品店を営んでいて、その店を訪ねるのを彼女は楽しみにしていました。その晩泊まることになっている奥飛騨の宿もその先輩が紹介してくれたところなんです。

「私がイヤミを言ったでしょう。その仕返しよ」

「まあ、そういうこともあり得ますけど」

「ほんと腹立つ。だからあんなの乗せるなって言ったのに」

それがミシマさんのいやがらせだとするなら、その目論見《もくろみ》はみごとに成功しました。

地元のラーメン屋へ行ったんですが、食事をする間も美弥さんの苛立《いらだ》ちはおさまりません。ミシマさんを乗せたことについて、しつこく増田さんに文句を言い続けるんです。はじめのうちは増田さんも謝っていたんですが、だんだん感情をおさえきれなくなって、馬鹿丁寧な口調であしらうようになってきました。美弥さんが怒ることを知っていて、ワザとそんな口をきくんです。

その間、瑠璃さんは音も立てずにラーメンを食べていました。そのとき僕は気づいたのですが、彼女の顔にはどうも普段とは違う怯《おび》えがあるようでした。

「ミシマさんの言ったこと、気になる?」

「まあ、ちょっと……」

「変わった人がいるからね。気にすることないよ」

瑠璃さんは曖昧な笑みを浮かべました。

「そうでしょうか」

「どういう意味?」

「なんでもないです。べつに、いいんです」

そうして瑠璃さんは黙ってしまいました。

○

飛騨高山を訪ねるのは初めてのことでした。

僕らが昼食をとった店は駅の近くで、小さな商店が軒をつらねる表通りから脇の路地へ入ったところにありました。

その界隈《かいわい》はいかにも地方の小都市というひっそりとした印象で、営業を止《や》めてシャッターをおろした店舗も目につきました。秋晴れの空が明るいせいで、かえってビルの谷間は冷え冷えとして、町全体が薄く翳《かげ》っているように感じられるんです。

しかし町の中心を南北に流れる川のあたりまでいくと、空が広がって明るくなり、歴史ある町の風格が出てきました。城下町が保存されている界隈では、狭い通りに押し寄せた観光客が黒々とひしめいて、まるで祭りのように賑やかでした。

美弥さんは赤いマフラーを巻いて、颯爽《さっそう》と先頭を歩いていました。もう増田さんとは口をきこうともしません。これから訪ねていく学生時代の先輩のことを考えていたんでしょう。

美弥さんの先輩の民芸品店は古い城下町の一角にありました。外観は江戸時代の商家のような木造二階建でしたが、内装はモダンなインテリアショップのようにぴかぴかしてました。手軽な小物から家具まで並んでいて店内の一角には喫茶スペースもあります。店員に呼ばれて奥から出てきた美弥さんの先輩は、浅黒くて精悍《せいかん》な男性でした。

「遅いよ。もっと早く来てよ。いつ連絡したと思ってるの」

「だって遠いんだもん」

美弥さんが甘えるように言いました。

「遠くないよ。東京なんかあっという間だろ」

僕らは喫茶スペースに案内されました。

その男性は内海《うつみ》さんといって陽気で楽しい人でした。名古屋の芸大を出て、一時は東京で働いていたけど、郷里の飛騨高山に戻って民芸品店の経営に参加するようになったそうです。浅黒いのはマラソンをするからで、市内の商店主たちでグループを作ってあちこち走りに出かけ、今年は100キロを走るウルトラマラソンにも出場したといいます。「地元の付き合いっていうのは大事なんですよ」と笑っているけれど、付き合いだけで100キロも走れるものだろうかと僕は呆《あき》れてしまいました。

「すごく繁盛してるみたいね」と美弥さんは言いました。

「まあ、とりあえずなんとかやってる」

「淋しそうにしてたらどうしようと思ってたけど、そんな心配いらなかった。逆にがっかりする」

美弥さんは先ほどまでの不機嫌が嘘のように明るい顔をしていました。増田さんにあてつける気持ちもあるようです。内海さんへのなれなれしさが少しわざとらしくも感じられました。

増田さんは会話に加わろうともしません。虚空を見すえるような顔つきで珈琲《コーヒー》をちびちび飲んでいました。せめて愛想笑いぐらいすればいいのにと思いました。ひとしきり美弥さんたちの学生時代の話が続いたあと、増田さんはふいに席を立って、「外の空気を吸ってきます」と言いました。そして僕らが引き留める間もなく店から出ていってしまいました。

内海さんは少しあっけにとられた風でした。

「なかなか気難しそうな人だね」

「辛気くさい人なんだから」

美弥さんが言うと、内海さんは含み笑いをしました。

「……で、彼とはいつ頃からなの?」

美弥さんは「ふん」と鼻を鳴らしました。

○

驚いたのは内海さんがミシマさんを知っていたことでした。

「それは三島邦子《みしまくにこ》さんでしょう」

それなりに知られた人で、マラソン仲間には彼女の信者もいるそうです。「見た目は普通のおばさんだけど、ときどきギョッとするようなことを言われる」と内海さんは語りました。

自分はミシマさんの信者とは言えないけれども、ある種のカリスマ性があるのは認める。地元では有名な逸話だが、彼女が自分の力に気づいたのは夫の急死がきっかけだったらしい。なんでも亡くなる数日前、まだ元気な夫の顔に死相が表れるのを見た。玄関先に立った夫の顔が小さく縮んで見えたそうだ。

そんなことを内海さんは語ってくれました。

美弥さんがミシマさんの話題を出したのは、目下継続中の増田さんとの仲違《なかたが》いについて、内海さんに追及されたからです。彼女としては、内海さんが「なんだそんなことか」と笑い飛ばしてくれるのを期待していたんだと思います。ところが案に相違して内海さんは真剣で、僕らがミシマさんに「死相が出ている」と言われたことを知ると心配そうな顔をするんです。美弥さんは内海さんの顔を覗きこむようにして微笑みました。

「まさか本気で心配してるんじゃないでしょ?」

「いや、俺も信者じゃないしな。まあ、多少気持ち悪い感じはするけど……」

内海さんは言葉を濁しました。

美弥さんはつまらなそうな顔をしています。

そのとき一番怖がっていたのは瑠璃さんかもしれません。まるで水に沈んだように暗い顔をして、ただでさえ白い肌が青白く見えました。それが美弥さんには気に入らなくて、「本気にしなくていいからね」と命令するように言います。

「内海さんもつまんないこと言わないでよ」

それにしても増田さんが戻ってこないのが気にかかります。

しばらくすると、瑠璃さんが「探してくる」と言って立ち上がりました。「入れ違いになるから待ってなさい」と美弥さんが命令したけれど、瑠璃さんは珍しく反抗しました。

「外の空気が吸いたいの」

そうして瑠璃さんは出ていきました。明るい雰囲気は失われて、なんとなく白けてしまいました。

内海さんが思い出したように言いました。

「今夜は平湯《ひらゆ》温泉に泊まるんだろう？」

「ええ、そうなの」

「行けば分かるけどびっくりする宿だよ。奥飛騨のほうはもう雪が積もってるだろうな。車なら道に気をつけないと――」

そう言うと彼はハッとしたように口をつぐみました。

何を話してもミシマさんの予言が貼り付いてくる感じです。

そのとき僕はひとりで妙な考えにふけっていました。ミシマさんの「お二人」という言葉が気にかかったんです。どうして二人なんだろうか。なぜ一人でもなく、四人全員でもないのだろう。

その二人というのは、いったい誰と誰のことなんだろう。

○

増田さんたちが戻ってこないので、美弥さんと僕は店を出ることにしました。

時刻は午後二時をまわったばかりでしたが、城下町の通りには早くも夕暮れのような気配が滲《にじ》んで、あたりを行き交う人影が濃くなっていました。秋の日脚はこんなに早いものかと思いました。

内海さんは店頭まで見送りに出てくれました。

「あっちが城跡だから」

「それじゃあね、内海さん。ありがとう」

「もっと訪ねて来いよ、毎週来いよ」

美弥さんはにっこり笑ってサッサと歩きだしました。

歩きながら振り返ってみると、内海さんは店頭に立ったまま、僕らを見つめていました。古い城下町を照らす秋の陽射《ひざ》しがその姿を物悲しく感じさせます。「今から東京へ引き返すべきだ」と内海さんは言いたいんじゃないだろうか。僕はそんなことを思いました。けれども美弥さんは振り返りもしないで歩いていきます。

僕は慌てて彼女に追いつきました。

「増田さんたち、どこにいるんでしょうね」

「どうでもいいわそんなの。適当に歩こう」

美弥さんはマフラーに顎をうずめて、僕の手を引きました。

店先で煎餅を買ったりしながら、僕らは古い城下町を通り抜けてしまい、ゆるやかな坂や石垣が続く住宅街のほうへ迷いこんでいきました。観光地が遠ざかるにつれてあたりはひっそりとして、美弥さんが煎餅を囓《かじ》る音がはっきりと聞こえるほどでした。彼女は囓りかけの煎餅を「あげる」と僕に手渡しました。香ばしい煎餅の匂いが懐かしく感じられました。

以前にもこんなふうに美弥さんと歩いていたなあと僕は思いました。美弥さんと二人きりになる機会はこれまでにもありましたが、そういうときの彼女は気楽に僕に甘えているようでした。どうして増田さんと一緒のときはそういう風になれないのだろうと思ったこともあります。

「内海さんも変わっちゃった」

「楽しい人じゃないですか」

「迷信深くなっちゃった感じ。つまんない」

「ああ、なんだかミシマさんを怖がってるみたいでしたね」

「学生の頃はあんな風じゃなかった。もっと豪快な人だったんだから。地元に帰ったら気が小さくなっちゃうのかな」

それにしても増田さんと瑠璃さんはどこで何をしているのでしょうか。内海さんの店から出て行ったきりで一度も連絡がないのはおかしな気がしました。

「増田さんたちに電話しますかね」

「……邪魔しちゃ悪いでしょう」

「なんですか、その意味深な言い方は」

「あなた、気づかないふりしてるの？」

美弥さんは不機嫌そうに言いました。

「何のことです？」

僕が言うと、美弥さんは昨夜のことを教えてくれました。

松本の宿で寝る前に話をしているうちに、美弥さんと瑠璃さんの間で言い争いがあったらしいのです。美弥さんの増田さんへの態度について瑠璃さんが珍しく苦言を呈したのですが、それがあまりにねちねちと続くので、「あっけにとられたわ」と美弥さんは言いました。朝から美弥さんが不機嫌だったのは、夜中にそんなことがあったからだというのです。

「惚《ほ》れてるな、あれは」と美弥さんは言いました。

僕は黙っていましたが、心当たりがないでもないんです。

瑠璃さんは増田さんの紹介で、一時期うちの会社でアルバイトをしてました。それは雑誌記事のデータベースを作るための下準備のような作業でした。機械的な作業で難しい仕事ではありません。僕は雑誌の編集部にいたし、増田さんはシステムの担当者だから、彼女と話をする機会はしばしばありました。たしかにそんなときの彼女は、美弥さんと一緒のときとは印象がちがいました。姉のいないところでは自由に振る舞えたのでしょう。アルバイトが終わったあとも残っていることがよくあって、ちょっとした機会をつかまえては増田さんに話しかけていました。仕事内容や進路の相談でもしているのかと思っていたけれど——もちろん僕はそんな記憶には触れませんでした。

「ちょっと考えすぎじゃないですか」

「それぐらい分かるって」

「瑠璃ちゃんは真面目な人ですからね。姉さんのためを思って言ったんですよ」

「よくそんな適当なことペラペラ言えるね」

「きついなあ。僕に八つ当たりしないでくださいよ」

僕らはそんなことを言い合いながら、細い坂道を辿《たど》っていきました。左手には古びた板塀が続いて、血を浴びたように葉を染めた庭木が覗いていました。その坂道をのぼりきって左に曲がると、年季の入った洋風の喫茶店がありました。

ふいに美弥さんが立ち止まって、道に面した喫茶店の出窓を覗きこみました。「ほら見つけた」と窓の奥を指します。覗いてみると、増田さんと瑠璃さんが額を寄せて囁きあっていました。

増田さんが僕らに気づいて立ち上がりました。瑠璃さんはうなだれたままでした。

「入りましょう」

美弥さんはそう言って喫茶店のドアを開けました。

僕らは増田さんたちと同じ席につきましたが、誰もが無言でした。美弥さんは何も問いかけず、増田さんも何も言わず、瑠璃さんも俯《うつむ》いて黙っています。僕は「面倒なことになってきたぞ」と思いながら、美弥さんの背後の壁に目をやりました。

そこには一枚の銅版画がかかっていました。絵の下に取り付けられたプレートには岸田道生という作者の名と、「夜行——奥飛騨」というタイトルが書かれています。喫茶店内のざわめきが遠ざかって、僕はその絵に惹きつけられました。

それは暗くて神秘的な印象を与える絵でした。黒々とした山の谷間を抜けていくドライブウェイが描かれて、その行く手は暗い穴のようなトンネルに消えています。そのトンネルの手前に髪の長い女性が立っていて、こちらを招くように右手を挙げています。その女性には目も口もなく、まるでマネキンのような顔なのですが、どこかで見たことがあるような気がします。

——ちょっと美弥さんに似てるな。

ふいに僕は背筋がぞくりとしました。

僕らに続いてもう一人、得体の知れない何者かが喫茶店に滑りこんできたように感じられたんです。

旅というのは密室のようなものだと最初に僕は言いました。

○

増田さんたちとの飛騨への旅はまさにそんな感じでした。僕らは東京から遠く離れていきながら、かえって狭いところへ入りこんでいくようでした。もちろん増田さんはそうなることを見越して僕を誘ったんでしょうし、僕だって納得して同行したわけです。

とはいえ、いつの間にか何かが僕の手に負えなくなっているようでした。僕らの閉じこめられている密室が薄暗くなってきて、その隅の暗がりで何が起こっているのか、見えにくくなってきたように感じられます。ミシマさんの登場はその予兆の一つでしたが、増田さんや美弥さんや瑠璃さん、それぞれの振る舞いについても同じことが言えると思います。

念のために言うなら、それは僕にも同じように当てはまります。誰にだって隠していることの一つや二つあるでしょう。

その喫茶店で美弥さんは妙な提案をしました。

「二手に分かれよう。そういうのも面白いでしょ」

飛騨高山の駅から富山に向かって高山本線が走っています。その途中、岐阜と富山の県境に猪谷《いのたに》という駅があります。高山駅からはだいたい一時間ぐらいの行程でしょうか。もし列車ではなくて自動車で猪谷駅まで行くなら、国道41号線を辿ることになります。

男性陣は列車に乗って、自分と瑠璃が自動車に乗る。そして猪谷駅で待ち合わせることにすればどうだろう。山を抜けるドライブウェイにも、列車の沿線にも、それぞれ紅葉の見どころがあるはずだから――それが美弥さんの意見でした。

瑠璃さんは運転が上手だったので、その点は心配ありませんでした。美弥さんを仕事場まで迎えに行ったり、たまにはひとりでドライブに出かけたりしていると聞いたことがあります。瑠璃さんは「べつにそれでもいい」と言いました。しかし美弥さんの本音は明らかでした。ようするに僕や増田さんと別行動をとって、瑠璃さんと二人で話をしたいということです。気が進みませんでしたが、増田さんが美弥さんの肩を持ったので話は決まりました。

僕らは高山駅で別れることになりました。

「安全運転でのんびり来ればいい。猪谷駅で待ってるよ」

増田さんが改札で言うと、瑠璃さんはこっくりと頷《うなず》きました。

そういうわけで僕と増田さんは二人で猪谷へ向かいました。

正直なところ、僕は二手に分かれるどころか、このまま東京へ帰りたいような気分になっていました。

もちろんミシマさんの予言なんて信じておらず、「死相」なんて馬鹿馬鹿しい話だと思っていましたが、このまま夜を迎えるのを不安に思っていたのはたしかです。このままでは僕の手に負えない感じだなあ、と思っていました。

列車の向かいの席に座った増田さんが言いました。

「気まずいことになって悪かったよ」

「ホントに迷惑ですよ」

　僕は遠慮なく言いました。増田さんにはそれぐらいがいいんです。「どうして美弥さんのご機嫌が取れないいんですか」

「俺は台風が通りすぎるのを待つだけなんだよ」

「いくらなんでもだらしなくないですか」

「言うね」と増田さんは苦笑しました。「でも俺は人間ができてないんだから」

「今夜を乗り切る自信がないですよ。先に帰ろうかな」

「そんな心細いこと言わないでくれ」

　一時間ちょっと別行動を取ったところで、美弥さんの機嫌が直るとは思えません。いっそう険悪になるかもしれないのです。

　車窓の景色は早々と暮れていき、紅葉の盛りをすぎた山は物淋しく感じられます。僕は黙って車窓を眺めながら、山向こうのどこかでドライブウェイを辿るレンタカーのことを想《おも》いました。その密室で美弥さんと瑠璃さんはどんな話をしているのでしょうか。おそらく前日の夜、松本の宿で繰り広げられた口論が蒸し返されているのでしょう。

○

猪谷駅に到着する頃には、もう日が暮れかかっていました。

増田さんと僕は冷気に身を震わせながらホームを歩いていきました。四方は山に囲まれていて、黒い山頂に雪が白い筋を作っています。がらんとしたホームの隣には何本も線路が走っていて、その向こうには駅舎や鉱山会社の社員寮が見えました。まるで世界の果てみたいな静けさで、本当にこんなところで降りて大丈夫なんだろうかと心配になったほどです。駅舎の外へ出てみましたが、瑠璃さんたちはまだ到着していないようでした。

「安全運転で走ってるんだよ」

「心配ですね」

「しょうがない。気長に待とう」

僕らは駅舎の中で缶珈琲を飲みながら待ちましたが、瑠璃さんたちを乗せたレンタカーはなかなか姿を見せません。あたりはますます暗くなって、黒々とした四方の山の影がのしかかってくるように感じられました。いよいよ寒さが身に染みてきます。

「君はミシマさんの予言をどう思う?」

駅舎のベンチに腰掛けた増田さんが呟きました。侘《わび》しい蛍光灯の明かりが、珈琲缶を見つめる彼の顔を照らしていました。

「信じるわけがないでしょう」

「俺もそうだけどさ」

「そんなことより、どうして瑠璃さんと一緒に喫茶店にいたんですか?」

「そんなの、べつにどうってことないよ」

増田さんが言うには、あのときは美弥さんの態度に腹が立ったので、内海さんの店から出て城跡の方を散歩した。そしてあの喫茶店に入って休んでいると瑠璃さんから電話がかかってきた。居場所を教えたら瑠璃さんがひとりでやってきた。

「それだけだよ」

「瑠璃さんと何か真剣な顔で話してましたよね」

「たいしたことじゃない。ミシマさんの予言のこと」

増田さんは珈琲缶を見つめたまま言いました。

「どうしてあんなに怖がるのかな」

「まあ僕だって良い気持ちはしませんけどね」

「しかし瑠璃ちゃんの怖がり方は度を越してる気がするね。どういうことなんだろう。たしかに気の弱いところはあるが、もうちょっと理性的な人だと思うんだが」

「まあ、彼女は思い詰めるところがありますからね」

すでに日は暮れ切って駅舎の外は真っ暗でした。

そんな淋しい場所でベンチに座っていると、だんだん妙な気分になってきました。美弥さんと瑠璃さんにはもう二度と会えないのではないか、そんな予感に襲われたんです。

そんな気がしたのは、学生時代のあの失踪事件のことが脳裏に甦《よみがえ》ってきたからでしょう。鞍馬の火祭で長谷川さんが姿を消してから、当時すでに六年が経っていました。

僕は彼女のことを思い出すこともほとんどなくて、彼女がどんな顔だったか、どんな声をしていたかも曖昧でした。そのくせ一度あの夜のことを考えだすと、なんだか世界に穴が開いたような、落ち着かない気持ちになるんです。黒々とした山に囲まれたこの猪谷駅が、あの夜の鞍馬駅へ通じているように感じられます。

猪谷駅に着いてから一時間が過ぎました。

「いくらなんでも遅すぎる」

増田さんはそう呟いて、駅舎の外へ出ていきました。

僕は内海さんから聞いた話を思い出していました。ミシマさんが自分の力に目覚めたきっかけは夫の死相を見たことだ、という例の逸話です。ふと僕は思ったんです。ミシマさんが未来を予言したのではなく、ミシマさんの予言を成就すべく夫は死んだのではないか。それは我ながら突拍子もない思いつきでしたが、ひどく生々しく感じられました。

僕が駅舎の外へ出ていくと、増田さんは駐車スペースに棒のように立っていました。彼の視線の先には国道へ出るための小道があります。暗くて何も見えません。

僕は増田さんの隣に立って、小道の先の闇を見ました。

「瑠璃さんは増田さんに惚れてるんじゃないですか」

増田さんは僕を見て、あっけにとられた顔をしました。

「何だよ、唐突に」

「昨日もそのことで口論したらしいですから」

「誰が言った?」

「美弥さん」

「からかわれたんじゃないか。君も意外に人がいいな」

「そうですかね」

「そうさ」

「増田さんって無責任なところありますよね」

「何の言いがかりだよ」

増田さんがムッとして言ったとき、小道の向こうがヘッドライトで眩《まぶ》しく輝き、路面を踏むタイヤの音が近づいてきました。その輪郭は見覚えのあるレンタカーでした。

ようやく瑠璃さんたちが到着したのです。

○

瑠璃さんに代わって増田さんがハンドルを握り、僕らは奥飛騨の宿を目指すことになりました。地図を確認した増田さんは、国道41号線を引き返して神岡町で国道471号線に入ればいい、と言いました。「一時間ぐらいかな」

「もう真っ暗ですね」

「安全運転で行くよ。君も注意してくれ」

山の影が濃くなって空との境も曖昧で、紅葉も何も見えません。カーブやトンネルという同じような景色が延々と続いて、いっそう深い闇の奥へもぐりこんでいくようでした。

後部座席から美弥さんの寝息が聞こえてきました。

「疲れたんでしょうね」

「まあ、静かでいいよ」

僕はバックミラーで瑠璃さんの顔を窺《うかが》いました。彼女は黙りこんだまま、暗い窓の外を見つめています。その青白い頬には疲れが色濃く見えました。

どうして猪谷駅へ着くのが遅くなったのか、美弥さんも瑠璃さんもはっきりしたことは言いませんでした。おそらく道中で口論になって、やむを得ず車を止めたのでしょう。猪谷駅へ着いたときの二人の雰囲気からしても、かなり激しくやりあったことは想像がつきました。しかし、それはそれで「ガス抜き」になったかもしれません。美弥さんは寝入ってしまいましたし、瑠璃さんも今にも眠ってしまいそうです。とりあえず奥飛騨へ到着するまでは平和な時間が続くだろうと思いました。

僕は助手席で伸びをして、大きなあくびをしました。増田さんが前方を睨みながら言いました。

「眠らないでくれよ。君が眠ったら、俺まで眠くなる」

「なんだか気が抜けちゃいましたね」

「どうなることかと心配したからな」

「早く温泉に入りたいですよ」

見えるものはヘッドライトに照らしだされる国道と、一定の間隔をあけてならぶ先行車のテールランプだけです。サイドミラーを覗くと、後続車が同じように間隔をあけてぴったりとついてきていました。みんなどこから来てどこへ行くのだろう、と僕は思いました。それは現実感のない、眠りを誘うような光景でした。

そのうち僕は少しうつらうつらしました。

どれぐらい時間が経ってからか分かりませんが、ふいに耳元で誰かの悲鳴が聞こえたような気がして、僕はハッと身を起こしました。車内はひっそりとして、美弥さんの寝息だけが聞こえます。レンタカーは道路脇に止まっているようでした。

温泉宿に着いたのかと思いましたが、それらしい明かりは見えません。運転席に増田さんの姿もないのです。後続車のヘッドライトが車内を舐めて、赤いテールランプが先方の闇の奥へと遠ざかっていくのが見えました。振り返ると、増田さんと瑠璃さんが車を降りて、トランクの中をさぐっているようでした。

僕は元へ向き直り、ぼんやりしました。

ドライブウェイは黒々とした山の谷間に延びています。次々と通りすぎていく赤いテールランプが、暗い穴のようなトンネルへ吸いこまれていきます。

その様子を眺めているうちに、トンネルの入り口の脇で、白っぽいものがひらひら揺れていることに気づきました。なんだろうと思って、僕は身を起こしました。どうもそれは人影のようでした。危ないな、あんなところで何をしているんだろう。そう思って目をこらしているうちに背筋がぞくりとしました。

トンネルの脇に立っているのは美弥さんらしいのです。彼女は白い服を着て、僕に向かって手を振っています。

僕は慌てて振り向きましたが、美弥さんは先ほどと同じように後部座席で寝息を立てています。だとするとあの人影は何だろう。もう一度向き直ってみましたが、もうトンネル脇の怪しい人影は見えなくなっていました。

飛驒高山の喫茶店で見た銅版画を思い出しました。あの絵にも、トンネル脇に立つ女性が描かれていました。あの銅版画に影響されて、何かを見間違えたんだろうか。そう考えてみても、なんともいえない後味の悪さが残りました。

やがて増田さんと瑠璃さんが車へ乗りこんできました。

「どうしたんです?」

「胃の具合が悪いっていうからさ。薬を探してたんだよ」

後部座席で瑠璃さんが「すいません」と言いました。たしかに顔色が悪いようでした。

○

奥飛騨の平湯温泉に到着する頃には午後七時を過ぎていました。真っ暗な山道を抜けてきたせいか、旅館街の明かりが異様に眩しく感じられました。幻の隠れ里に迷いこんだような感じです。外灯に照らされた雪がきらきらと輝き、側溝からは湯気が立ちのぼっていました。朝に松本から飛騨高山へ向かう途中で通りすぎたときとは、ずいぶん印象が違います。

内海さんが紹介してくれた宿は風変わりなところでした。

なによりも目を引くのは、おびただしい剝製が展示されていることです。ロビーには壁一面を占める硝子《ガラス》ケースがあって、その中は鳥獣の剝製でいっぱいでした。増田さんが受付の男性と話をしている間、美弥さんは魅せられたようにそれらの剝製を眺めていました。車の中で眠ったせいか、美弥さんは顔色も良くなって、その口調には柔らかみがありました。

「ここにあるのがぜんぶ死体ってすごいね。なんだか叫び声が聞こえてきそうじゃない?」

「かなりインパクトありますね」

美弥さんは細長い胴をした小さな獣を指さしました。

「これ、なんてやつ?」

「ハクビシンだと思いますよ」

やがて宿泊手続きを終えた増田さんがやってきました。僕らは宿の人に案内されて客室へ向かいました。

長い廊下を歩いていくとき、中庭をはさんだ向かい側に別棟の明かりが見えました。窓から燦然《さんぜん》と明かりが漏れているのですが、動く人影は一つも見えません。宿の廊下はどこまでも静かでした。

客室は温泉旅館によくあるタイプでした。広い畳の部屋、机、テレビ、貴重品用の金庫。窓に面した広縁には籐椅子《とういす》が向かい合わせに置かれて、硝子テーブルの上には灰皿があります。風変わりなのは床の間にも剝製が飾ってあることでした。美弥さんは「やれやれ」と呟いて籐椅子に腰かけました。

「ではさっそく風呂へ行きますか」

僕は戸棚から浴衣を取りだしました。暗い窓の外を眺めている美弥さんは、「わたしちょっと休む」と言いました。増田さんが「瑠璃ちゃんはどうする?」と訊《き》くと、彼女は床の間の剝製を睨むようにしながら無言で首を振りました。

「それじゃ、すぐ戻るから」

そして増田さんと僕は部屋を出ました。

露天温泉は階段を下りて、一階の長い廊下を伝った先にありました。僕らの他に人の姿はありません。湧き上がる湯気が岩肌を舐めて、真っ暗な空に濛々《もうもう》と立ちのぼっていきます。湯がスッと身体《からだ》に染みこんでくると気分もやわらぎました。

「良い湯だなあ」と増田さんが言いました。

「生きているって素晴らしいなあ」と僕は言いました。

「……死相か」と増田さんが呟きました。「いやなことを言ったもんだよな」

「僕の顔、どう見えます？」

「少なくとも君は死にそうにない。ぴちぴちしてるよ」

あたたかい湯につかっていると、ミシマさんの言葉の不吉な印象も薄れてくるようでした。

「美弥さんたち、なんだか落ち着いた感じしませんか？」

「君も気づいたか」

「宿に着いてから、美弥さんが優しい感じになった」

「言いたいことを言い合ったからじゃないか。前から俺は言ってるんだ。瑠璃ちゃんも遠慮することはないんだよ。爆発したがってるんだから、爆発させてやればいいんだ」

「また無責任なことを言うんだから」

「俺は平和を愛する男だけどね」

どうして増田さんと美弥さんが離れられないのか、それは僕には分からないことです。自分なら美弥さんをコントロールできると僕は自惚《うぬぼ》れていましたが、より深く踏みこむ気はさらさらありませんでした。踏みこんでしまえば、僕も増田さんのようになってしまうだろうなと思いました。今まで通りに美弥さんをコントロールすることはできなくなるだろうと分かっていたんです。

僕は奥飛騨の闇に漂って消えていく湯気を眺めました。だんだん頭の芯が痺《しび》れてきます。自分が湯につかっていることも、ふと忘れてしまいそうな心地良さでした。

「台風が通りすぎたようなもんだよ」

増田さんは言って、岩に積もった雪に手を伸ばしました。

○

部屋に戻ると、四人分の食事が用意されていました。

そのとき僕が驚いたのは、瑠璃さんが僕らが出たときと同じ格好で座っていたことです。投げだした旅行鞄《りょこうかばん》も、床の間を睨むようにしているのもそのままで、まるで時間が止まっていたようでした。ただ一つ違うのは、彼女が目に涙をためていること、先ほどまで窓際の籐椅子に腰かけていた美弥さんの姿がないことでした。

「どうしたの。美弥と何かあったの？」

増田さんが心配そうに声をかけました。すると瑠璃さんは我に返ったように瞬きをして涙を拭いました。しかし彼女は何があったとも言いません。ただ増田さんを見つめています。

「美弥は風呂へ行ったのか？」

瑠璃さんは無言で頷きました。

そうして僕らは美弥さんが戻ってくるのを待ったのですが、いつまで待っても彼女は姿を見せません。僕らのあとから温泉へ出かけたにせよ、長すぎるように思えます。

増田さんは籐椅子に腰かけてボンヤリしていて、僕は畳に横になって天井を眺め、瑠璃さんは部屋の隅で青白い顔をして座っていました。どこか遠くから救急車のサイレンの音が聞こえて、遠ざかったり近づいたりを繰り返しています。あまりにも宿が静かなので、ついつい耳で追いかけてしまうのです。どうしてそんなにずっと走り続けているのか分かりません。

「美弥さん、遅いですね」

僕が呟くと、ふいに瑠璃さんが口を開きました。

「姉さんは戻ってきません」

「どうして?」

「何かが起こったんです、何か悪いことが」

「悪いことって何」

増田さんが強い口調で言いました。

瑠璃さんは背筋を伸ばして膝に手を置いていました。なんだか顔つきが変わっているような気がします。彼女は顔を上げて、増田さんを睨むようにしました。

「姉さんは死にました。死相が出ていたから」

増田さんはあっけにとられた様子でした。

「まだ君はミシマさんの予言を気にしているのか」

すると瑠璃さんは思い詰めたように言いました。

「……もう予言は成就してると思いませんか」

増田さんは「疲れてるんだよ。休んだほうがいい」と言って電話の受話器を手に取りました。帳場に連絡して布団を敷いてもらおうと思ったんでしょう。僕は座布団を枕にして瑠璃さんに横になるように勧めました。彼女は意外に素直に横たわると、ぴたりと目を閉じました。

やがて増田さんは受話器を置いて立ち上がりました。

「通じないよ。ちょっと帳場まで行ってくる。ついでに美弥がどこにいるのか探してくる」

僕は慌てて彼の浴衣の袖を掴みました。

「どういうことですかね」

「瑠璃ちゃんは怖がってるんだよ」

「ちょっと怖がり方が普通じゃないですよ」

「何がどうなってるのか、俺にだって分かるもんか。しかし美弥が死んでるわけないだろ」

苛立たしそうに言って増田さんは出ていきました。

僕は美弥さんの座っていた籐椅子に腰かけました。

それから二十分ほど経っても、増田さんは戻ってきませんでした。僕は心配になってきました。どうしてこんなに時間がかかるんだろう。帳場に布団を出してくれるように頼むだけなら面倒なやりとりはないはずです。美弥さんを探すにしても、まさか宿の部屋を片端から開けてまわっているわけもないでしょう。

「ちょっと僕も様子を見てくるよ」

瑠璃さんに囁いてから、僕も部屋を出ました。

帳場へ向かう間、宿が異様に静かであることにあらためて気づきました。硝子ケースの中の剝製のように、その静けさに押さえつけられて身動きが取れなくなりそうです。よく考えてみれば、この重苦しい静けさは僕らが宿に着いたときから続いています。まだ他の客とひとりも行き会っていません。こんなに大きな宿に泊まるのが僕らだけとは到底思えないのですが。

薄暗いロビーには人気がなくて、帳場に声をかけても返事はありません。増田さんの姿はどこにもないんです。なにげなく靴箱を覗いてみると、彼の靴がなくなっていました。

「外へ行ったんです」

ふいに背後から声が聞こえて、僕はびくりとしました。

振り向くと瑠璃さんが立っています。

「増田さんは出ていったんです」

まるで増田さんの行方を知っているかのような口ぶりです。

玄関の硝子戸から外を覗いてみると、駐車場にぽつんと外灯が点《とも》っていました。ぼんやりとした光の中を雪が舞い始めていました。それにしてもわけが分かりません。増田さんが僕らを置いてそのまま外へ出ていくなんて考えられない。この寒さの中、浴衣一枚で表を歩きまわるというのもおかしな話です。

そのとき瑠璃さんが僕の腕を摑みました。

「部屋へ戻りましょう」

寒さのためか、彼女は震えていました。

○

客室に美弥さんと増田さんの姿はありません。

瑠璃さんと僕は籐椅子に向かい合わせに座って、ほかの二人が戻ってくるのを待ちました。瑠璃さんは何かを諦めてしまったような顔つきで、暗い窓をじっと見つめています。

いつの間にか温泉街の明かりは消えて、窓の外には闇が広がっています。山の影も闇に溶けています。町の灯の消えた奥飛騨は手で触れられそうな濃い闇に沈み、ひとたび窓を開け放ったら闇がぬるぬると入ってきそうでした。まるで美弥さんも増田さんも闇に吸いこまれたみたいだ。そう思うと、あの鞍馬の事件のことがまた頭に浮かんできました。

「もう六年前になるけど、知り合いがひとり姿を消してしまったんだよ。今も行方が分からないんだ」

僕はそんなことを瑠璃さんに言いました。

「鞍馬の火祭を見物に行った夜だったよ」

「……その人は死んだの？」

瑠璃さんが言いました。僕は「まさか」と言いました。

「ただ姿を消しただけだよ。だからといって、死んでるってことにはならないよね。今もどこかで生きてると思う」

「その人は女の人？」

「そうだね」

「武田さんはその人のことが好きだったの？」

「……どうかなあ」

　僕は長谷川さんの顔を思いだそうとしましたが、何も浮かんできません。あの喫茶店の銅版画に描かれた女性のように、のっぺらぼうなんです。長谷川さんはたしかに魅力的な女性でしたが、ちょっと近づきがたいような雰囲気もありました。人見知りだったのかもしれない。懐にもぐりこもうとして、ピシャリとはねつけられたような記憶もあります。同じ英会話スクールの仲間として、普通に話をしていたけれど、彼女は僕に用心しているようなところがありました。

「こんな話はよそう。縁起でもないし」

　自分で言いだしたことなのに、僕は急に厭な気持ちになって、その話題を切り上げました。

「ともかく明日には東京だよ」

「……本当に？」

　瑠璃さんは気怠《けだる》そうな顔をして僕を見返します。

　そういう表情をした瑠璃さんは美弥さんによく似ていました。身体の力が抜けて、こちらの懐にスッと滑りこんでしまいそうな顔です。美弥さんもそんな顔をして僕を見ることがよくありました。姉妹が似ているのは当然のことですが、僕は不意を突かれたような気がしました。

瑠璃さんはいつも緊張して、僕に素顔を見せることを用心深く避けていたからです。

ほんの一瞬、美弥さんと差し向かいで座っているように感じられました。これまでにも幾度か、このように美弥さんと座っていたことがあります。それは僕と美弥さんしか知らないことですが。

「武田さんは無責任ですね」

ふいに瑠璃さんが言ったので、僕はどきりとしました。

「それが僕に対する君の評価？」

「……そうやって笑って誤魔化すところも」

「誤魔化しているつもりはないけどな。瑠璃ちゃんが何を言っているのか分からない。もう少し具体的に言ってくれない？」

「まあ、もうどうでもいいんですけど」

「どうでもいいようには聞こえないね」

「増田さんもお姉ちゃんも武田さんも、みんな無責任です。ものごとを歪《ゆが》めるだけ歪めておいて、ほかの誰かがなんとかしてくれないかなって思ってるんです。それまではとりあえずやり過ごせばいいやって、シレッとした顔をして。大人のふりをしているだけ。そうして厭なことは私に押しつける」

「疲れているみたいだね」

「疲れさせたのはあなたたちでしょう」

瑠璃さんは籐椅子でぐったりとして目を閉じました。

彼女の言うとおり僕は無責任な男です。それを認めるからといって免罪符になるとも思っていません。罪の意識があろうがなかろうが他人を苦しめるという事実に変わりはないからです。正直なことを言えば、瑠璃さんからそのように面罵されても、僕は口先で彼女をいたわってみせただけで、「ややこしいことになってるなあ」としか思わなかったんです。まるで自分の残酷さというものを手にとって冷静に観察しているように感じました。

「お姉ちゃんは死にましたよ。残念でしたね」

瑠璃さんは冷たい声で言った。

僕は少し強い口調で言いました。

「いいかげんにしてくれよ」

「だって、ミシマさんの言うことは正しかったんだから」

「あんな胡散臭《うさんくさ》いおばさんを信じるのか。どうも瑠璃ちゃんらしくないよ」

「私の私らしいところなんて、なんにも知らないくせに」

瑠璃さんの声には異様な力が籠もっていました。

「さっきお姉ちゃんが部屋を出ていくとき、私にすごく優しい声をかけてくれたんです。『ごめんね』って。そのときに分かったんです。ああミシマさんの言うとおりだったって。これはもうお姉ちゃんじゃない。お姉ちゃんはもう死んでるんだって」

「たしかに美弥さんの雰囲気は少し変わってたね。きっと車の中で眠ってスッキリしたんだと思うな」

「……暗い山道でしたね」

瑠璃さんは言いました。

「あの山道を通って私たちはどこへ着いたんでしょうね。武田さん、ここが本当に奥飛驒だと思ってるの？」

瑠璃さんは籐椅子に丸まっていました。笑いをこらえているように見えました。しかしやがて僕は、彼女が苦しんでいることに気づきました。額には汗の粒が浮かんでいるのです。

僕はテレビの隣にある電話に飛びつきました。

しかし受話器に耳をあてても無線が錯綜《さくそう》するような雑音が聞こえるばかりでした。その雑音の向こうから誰かの悲鳴が聞こえてきます。それは瑠璃さんの声のようにも思えました。どうして電話の向こうから彼女の声が聞こえてくるんだろう。

僕が驚いて受話器から耳をはなすと、座敷はしんと静まり返っていました。

籐椅子からは瑠璃さんの姿が消えていました。

○

どれぐらい時間が経ったのか分かりません。

僕はひとりで長い廊下を辿って温泉へ入りにいきました。

ひとりで湯につかっていると、いろいろな旅の情景が頭に浮かんできました。それは飛騨高山へ向かう山道の脇に停《と》まっていたミニバンだったり、奇妙な銅版画のかかった喫茶店だったり、日の暮れた山中のドライブウェイを流れていくテールランプの行列だったりしました。いろいろな情景を見たなあと僕は思いました。

露天風呂から見える空は漆黒で星一つ見えません。白い湯気が濛々と立ちのぼり、底の知れない闇に消えていきます。

僕はなんだか淋しくてたまらなくなりました。

たとえば子どもの頃、午後にうたた寝などをして、唐突に目が覚めたときのような感じでした。家がよそよそしく感じられて、家族の姿はどこにも見えない。自分が今どこにいるのか誰も教えてくれない。何か大事なできごとが進んでいるのに自分だけが置いてけぼりになっている。そんな感覚に似ているんです。

どこかで僕らは道を踏みはずしたんだ、と思いました。

ふいに露天風呂の岩場をめぐった向こうで人が立ち上がるのが見えました。やわらかな身体の線が薄明かりに浮かび上がっています。彼女はしずくを滴らせながら、つやつやと輝く身体で歩いてきます。その顔を見て僕は嬉《うれ》しくなりました。

「美弥さん、こんなところにいたんですね」

「こんなところにいたのよ」

「ずいぶん待ってたんですよ」

美弥さんは何も言わず、隣にやってきて身体を沈めました。そうして僕の肩に頬をつけて目を閉じました。こんなふうに身体を寄せ合うのは久しぶりのことだと僕は思いました。

第三夜　津軽

「これは三年前の二月、青森へ行ったときの話です」

三番目に語り始めたのは藤村さんだった。

今でも覚えているのは、英会話スクールの待ち時間、藤村さんが退屈しのぎに大学ノートに絵を描いていたことである。ぐりぐりと熱心にやっているから何をしているんだろうと思ったら、賀茂大橋あたりの情景を記憶だけで描き上げてしまった。私が感心していると、「子どもの頃好きだったんで」と呟《つぶや》いた。

とはいえ、自分で描くことには昔ほど興味はないらしかった。

「今は見るだけです」と彼女は言った。

卒業後、銀座の画廊に就職したと聞いて納得した。

ここからは藤村さんの話である。

○

私の夫は鉄道が好きで、年に一度か二度、友人と鉄道の旅に出ます。これには私も予定が合うかぎり参加することにしています。父が鉄道雑誌を定期購読しているような人でしたし、どうやら素質はあったようです。夫によると私には鉄分の多い血が流れているらしいです。といっても、旅程については私は基本的にノータッチで、どこへ行くのかは夫たちが決めていました。

以前は本当に鉄道に乗るだけの強行軍のような旅程を組んでいたそうですが、私が旅仲間に加わるようになってからは少し手加減するようになったそうです。児島《こじま》君なんかは「先輩も丸くなって」と冗談めかして言っていました。

この児島君という人は夫の同僚で、鉄道の旅ではいつも一緒、切符や宿の手配をしてくれるのも彼でした。好きなワインを持ってうちに遊びに来ることもありましたし、私の勤務先までわざわざ展示会を見に来てくれたこともあります。まるで弟みたいに感じられる人なんです。

ある日いつものように三人でお酒を飲んでいたら、「夜行列車」の話になりました。

「玲子《れいこ》さんは乗ったことないんですか」

児島君が意外そうに言いました。「もったいない」

「それはいかんな」と夫が言いました。

児島君は頷《うなず》きました。

「夜行といえば上野発ですよ」

「いいよな。国境の長いトンネルを抜けるとそこは雪国であった――」

「断じて冬でなくちゃ。冬はあけぼの」

二人が謎めいたことばかり言うので、「なんなのいったい」と私が笑っていると、児島君が教えてくれました。

「『あけぼの』は寝台列車の名前ですよ」

それは上野と青森を結ぶ列車です。夜の九時頃に上野駅を出て、越後湯沢《えちごゆざわ》を抜けて日本海側に出て北上し、翌朝の十時頃に青森に着きます。夫や児島君は、昔ながらの寝台列車は廃止されていくから今のうちに乗ったほうがいい、というのです。ようするに自分たちが乗りたいんでしょう。

私は「それじゃ乗ろうよ」と言いました。

「児島君、切符をよろしく」

夫が言うと、児島君は「がってん」と言いました。

いつもそんな風なんです。

○

二月上旬の夜、夫と私は上野駅へ出かけていきました。

夜更けの上野駅には淋《さび》しい気配が漂っていました。ホームの明かりは薄暗く感じられますし、線路の先にある夜の闇から冷たい風が駅舎へ吹きこんでくるようでした。

やがて古びた青い寝台列車「あけぼの」がホームに滑りこんでくるのを見たとき、ひどく心細く感じたのを覚えています。まるでもうここが東京ではないような、ひとりぼっちで北の果ての町に佇《たたず》んでいるような感じがしました。

「どうしてこんなに淋しい感じがするんだろう」

「それが夜行列車のいいところだよ」

夫は嬉《うれ》しそうに言いました。

「この旅情がたまらないんだ」

でもその淋しさは、夫の言う旅情とは違うような気もしたのです。それはもっと生々しく感じられる淋しさでした。小学校からの長い帰り道をひとりで辿《たど》っていくとき、貯水池の土手に長く延びた影に感じていたような感覚です。どうしてそんな感じがするのか分かりません。私はちょっと暗い気持ちになっていましたが、やがてワインをぶらさげた児島君がホームに姿を見せると、そんな淋しさもどこかへ消えてしまいました。

児島君は職場からそのまま来たらしく、コートの下は背広姿でした。「もう少しで乗り遅れるところですよ」

そのくせ車中で飲むワインは忘れずに持参しているのがいかにも彼らしいのでした。あらかじめ職場近くの酒屋で買って、ロッカーに旅行鞄《りょこうかばん》と一緒にいれておいたそうです。列車に乗りこんで個室の位置を確認した児島君が言いました。「玲子さん、僕と部屋を替わりませんか。こっちのほうがいいですよ、日本海側だから」

そうして児島君は切符を交換してしまいました。

午後九時十五分に寝台列車は上野駅を出ました。東京の街を通りすぎていくだけなのに、寝台列車の窓の眺めはまるで雰囲気が違って見えました。児島君の狭い個室に三人で集まって、車窓を眺めながらワインで乾杯しました。

「明日は津軽鉄道の終点までいきますからね」

そこには何があるのかと訊《たず》ねても、児島君は「何があるんですかね」と首を傾《かし》げるばかりで、夫も「知るもんか」とトボけていました。いつものことですけど呆《あき》れてしまいます。

「とにかく終点まで行くことに意義があるんですよ」と児島君は言いました。「ボンヤリ生きていたら津軽鉄道の終点で降りることなんか絶対にありません。そんな人生、僕はいやですね」

「児島君が良いこと言ったぞ」

「はいはい。で、明日は早いの？」

児島君と夫はいそいそと時刻表を覗《のぞ》きこみました。

鉄道の旅へ出かけたとき、夫と児島君は何かというと時刻表を覗きこんで相談しました。そんな二人の様子を見るのが好きで、私はときどき「他の路線がいい」とか「ここでもっと時間を取りたい」とかワガママを言いました。そうすると夫たちはひとまず困った顔をしてみせるのですが、それでも時刻表を開いて旅程を組み直しているときは心底楽しそうでした。

明日の津軽鉄道ではストーブ列車に乗ろう、それから青森市内まで出て、三内丸山遺跡に寄ってからホテルにチェックインしよう。そんなふうに予定を立てているうちに、気がつけば夜行列車は大宮駅を通りすぎて高崎へ向かっています。車内灯を消すと、車窓を流れていく知らない街の灯が美しく見えました。夜の上野駅で感じた淋しさがふたたび忍び寄ってきました。

「夜行列車は遠くへ出かけた気分になるなあ」

夫がワインを舐《な》めながら溜息《ためいき》をつくように言いました。

淡い街の明かりが私たちの顔を優しく撫《な》でていきました。

○

「国境の長いトンネルを抜けると雪国であった。夜の底が白くなった」

これは川端康成の『雪国』という小説の有名な書きだしです。

「夜の底が白くなる、っていうのが素晴らしい。まさにそうなんだ」

越後湯沢へ抜ける長いトンネルを走っているとき、夫がぽつりと言いました。

もうその時刻になると、児島君が買いこんできたワインは二本とも空いていました。疲れが出てきたのか夫はしきりにあくびをしますし、児島君は珍しく黙りこんでいます。車窓にはトンネルの壁が迫って、真っ暗な客室はなんとなく息苦しい感じでした。

ふいに夫が私の手に触れました。

「そろそろだよ」

長いトンネルを抜けると、夜の底が白くなりました。

まるで別の世界へ迷いこんだように車窓の眺めが一変し、私は息を飲みました。窓の向こうに広がっているのは白い衣をまとった山野でした。雪に埋もれた家々の明かりは懐かしい童話の挿絵のようで、たとえ分厚い車窓に隔てられていても、冬の山里を包む夜の静寂が想像できます。車窓から射《さ》す仄《ほの》かな雪明かりが客室を青白く染めて、何もかもが神秘的に感じられる一瞬でした。

「あの風景の中に立ってみたくなるね」

私は雪景色を眺めながら溜息をつきました。

「今は通りすぎるだけだけど、いつか」

「僕の経験から言わせてもらいますと、そういう願いはたいてい実現しますね」と児島君が言いました。

「あんな駅で降りることがあるんだろうか、車窓から見えたあれは何だったんだろうとか、そんな思いが心をよぎるときは、必ず後日そこへ行くことになるんです。こんなところには二度と来ないだろうなって思ったとしてもね。これは不思議ですよ。まるで運命に引き寄せられるみたいで」

「児島君はロマンティストだからな」

「僕だけのことじゃないと思うけどな」

「鉄分の多いロマンティストなのね」

夫と私が顔を見合わせて笑ったときのことです。

突然、客室がパッと昼のように明るくなりました。客室を浸していた青白い光は消え、児島君の唖然《あぜん》とした顔が金時豆のように照らしだされました。それは一瞬のことだったので、車窓に目を戻した夫と私が見たものは、森の闇に火の粉を吹き上げて遠ざかっていく大きな火炎だけでした。炎が闇に消えてしまうと、ふたたび車内は青白い雪明かりに浸されました。

「なんだ今のは」と夫が呟きました。

「火事みたいでしたよ」

児島君が大きく目を見開いて言いました。

彼が言うには、暗い森が途切れた一角に雪の積もった平地があって、一軒家らしきものが燃え上がっていたそうです。「火事にしては静かな雰囲気でしたけどね」と彼は言いました。まわりの雪原と冬枯れした木立が炎に照らされて橙色《だいだいいろ》に染まり、まるで夢の中の景色みたいだったそうです。「家の隣に女の人が立ってましたよ。こちらに向かって手を振ってるみたいでした」

「やめてよ、児島君」

なんだか背筋が寒くなりました。目の前で家が焼けているというのに、通りすぎる夜行列車に手を振る人があるでしょうか。それとも助けを求めていたのでしょうか。

しかし夫は児島君の言葉を頭から信じませんでした。

「また女のことばかり考えてる」

「玲子さんの前で止《や》めてくれませんか」と児島君は口をとがらせました。「僕は紳士ですからね」

「紳士でも妄想ぐらいはするでしょ」

「妄想と言っても僕のは品の良い妄想で……」

「夜中に通りすぎる列車に助けを求めても意味ないだろ。そんなことをしている暇があったら消防に連絡する」

「助けを求めてる感じでもなかったんですよね。まるで——」

児島君は何か言おうとしていましたが、言葉はそのまま消えてしまいました。「まあいいや」と彼は呟きました。

それから間もなく、私たちはそれぞれの個室へ引き上げました。けれども私は慣れない夜行列車の揺れが気になって、なかなか眠ることができませんでした。狭いベッドで輾転反側《てんてんはんそく》しているうちに、なぜか自分の目でハッキリと見たように、夜の底で燃え上がる一軒家が繰り返し頭に浮かんできました。

やがて私は諦めて身を起こし、車窓を流れていく暗い風景を眺めました。そして上野駅の売店で買ったペットボトルの水を飲みました。壁のスピーカーからは小さな音量でクラシック音楽が流れて、単調に続くレールの音と混じり合っています。

午前二時頃にトイレに立ったときのことです。

手を洗って個室へ戻ろうとすると、児島君の姿が目に入りました。彼は連結部に近いところに立って、小さな窓から外を眺めていました。寝ぼけたようなトロンとした目つきをしています。

「児島君、そんなとこで何してるの」

「ちょっと息苦しい感じがして。飲み過ぎたのかな」

児島君は妙な目つきで私を見ました。

「目を閉じるとあの家が浮かんできて眠れないんです」

「あの家って、さっきの燃えていた家?」

「玲子さんは本当に何も見なかったんですか」

「あのとき私はあなたたちの顔を見てたから。それに一瞬で通り過ぎちゃったでしょう」

「先輩は信じてくれませんでしたけど、僕はたしかに見たんですよ。燃える家の隣に女の人が立っていたんです。こんなふうに手を挙げて僕を招いている感じで——」

そして児島君は溜息をつき、「変な酔い方をしちゃった」と冗談めかして言いました。

「本当に気分が悪くなったら言ってね」

「ありがとうございます。大丈夫ですよ、たぶん」

自分の個室へ戻るとき、私はもう一度児島君を見ました。彼は振動する壁にもたれたまま、置き去りにされた子どもみたいに不安そうな顔をしていました。

○

奥羽本線の弘前《ひろさき》駅に到着したのは翌朝の九時過ぎでした。

津軽鉄道は五所川原《ごしょがわら》駅から津軽中里駅までを結ぶローカル線で、沿線には作家太宰治の出生地もあります。始発駅になる五所川原までは弘前から半時間ほどの行程でした。私たちは慌だしく寝台列車を降りて、五能線の普通電車に乗りかえました。

電車に揺られながら夫はしきりにあくびをしています。夜行列車が好きなのに、夜行列車では眠れない人なのです。

「車窓を見てるだけで楽しいからいいんだよ」

夫は負け惜しみのように言います。

私はいつの間にか眠れたので、頭はすっきりしていました。そして児島君も案外ケロッとしていて、昨夜のことなんて忘れたような顔をしていました。

五所川原駅で降りて津軽鉄道のホームへ出たときには、冷たい北国の朝の空気と舞いこんでくる雪のために、わずかに残っていた眠気も吹き飛んでしまいました。フェンスの向こうには五所川原の町が灰色の雲に押し潰されたように見えています。信号旗を持った長靴姿の若い駅員がひとり、線路脇の雪を踏みしめて立ち、やってくるストーブ列車を見据えるようにしていました。そんな景色を眺めながら凍りついたホームに立っていると、北国の寒さが身体《からだ》の芯にまで染みこんでくるようでした。

「そりゃ寒いよな。もうここは青森なんだから」

夫は当たり前のことを嬉しそうに言いました。

ストーブ列車は古めかしい車両で、まるでタイムスリップしたかのようでした。木製の床は濡《ぬ》れていて、古びた窓枠の隙間からは細かな雪が舞いこんできます。でも石炭ストーブのまわりは顔が火照ってくるほど暑いのです。私たちはストーブのそばの座席を占めて、車内で買った日本酒の小瓶を分け合いました。昼日中からお酒を飲むのも旅の醍醐《だいご》味《み》、と夫は満足そうでした。

五所川原駅を出た列車は見渡すかぎりの白い雪原を走っていきます。灰色の空からは絶え間なく雪が降って、列車が巻き上げる雪と混じり合い、車窓の外は吹雪のように見えます。白いベールの彼方には、くすんだ色合いのマッチ箱をばらまいたように民家や工場の屋根が低く連なっていました。雪に埋もれた農具小屋や用水路の水門が車窓を通りすぎていきます。そんな風景を眺めていると、児島君がぽつりと言いました。

「あの燃える家はなんだったんだろうなあ」

私はドキリとしました。

「まだ言ってるの、児島君」

「燃える家っていうより、手を振ってた女が気になるんだろう」

「それもありますけどね」

「君の理論によるなら、我々はまたあそこへ行くことになる」

「いや、でもそれはちょっと考えにくいですね。越後湯沢の山奥の一軒家を訪ねるなんて、さすがに考えられないし。もうその家は燃えて灰になってるはずだし」

そう言ってから、児島君は車窓に目をやりました。

「でも、あれはきれいな人だったような気がするな」

「……やっぱりそれか」

「どうせ妄想家ですよ、僕は」

車掌さんが車内を歩いてきて、熱いストーブに黙々と石炭を足していきました。石炭ストーブの熱と日本酒で火照った顔を車窓に押しつけると、冬のビー玉のような匂いがして、子どもの頃に返ったような懐かしさを感じました。

終点の津軽中里は小さな駅で、降りる人影もまばらでした。

改札を抜けて待合室に出ると、ストーブを囲むように置かれたベンチに小柄なおばあさんが二人腰掛けていました。長靴を履いてショールをかぶった彼女たちは双子のようにそっくりです。曇った硝子戸《ガラスど》から眩《まぶ》しい逆光が射して、小声で囁《ささや》き合う彼女たちの姿を黒々と見せていました。

「この次の列車で戻りましょう。あと三十分ぐらいある」

児島君が言いました。

「少し歩いてみませんか」

そして私たちは駅前から延びる通りを歩いていきました。

役場の前を通りすぎると、小さな商店や理髪店、パチンコ店がぽつぽつと営業していました。

立派な庭木のある古い屋敷もあるところを見ると、かつては栄えた町なのでしょう。しかし往来する人の姿はほとんどありません。灰色の雪を満載したトラックが通りすぎるぐらいで、自分たちの足音と息づかいが聞こえるほど静かな町でした。濡れたアスファルトの両脇には灰色の雪が凍りついていて、舞い散る雪は次第に激しくなってきます。

夫は子どもっぽい仕草で頭やマフラーを払いました。

まるで夢の中の町にいるように感じられました。

○

「ここをちょっと曲がりますよ」

児島君が言いました。

「こっちです、こっち」

そこは廃業した古めかしい理髪店の脇から延びる路地でした。先を行く児島君を追いかけながら、夫は怪訝《けげん》そうな顔をしました。たしかに彼の振る舞いは少し不自然でした。初めて訪ねる町であるはずなのに、まるで何かを目指して歩いていくようです。

民家やアパートがつらなる路地を抜けた先は、雪に埋もれた空き地でした。夫が呆れたように呟きました。

「何をやってんだ、児島君は」

彼は空き地の向こうに見える一軒家へ向かっていました。

それは北国に似つかわしくない、派手な三角屋根の二階家でした。緑色の屋根は色褪《いろあ》せて、白い壁には巨人の影のような染みがあります。たくさんの窓にはいずれも分厚いカーテンがおりて、人の暮らしている気配はありません。高原地の廃業したペンションのようだと思ったとき、ふいに悪寒が背を走りました。

「この家を私は見たことがある」

なぜそんなふうに思ったのか分かりませんでした。

夫はそんな私の様子には気づかないようでした。立ち尽くしている児島君に近づいて、「どうしたんだよ」と声をかけました。

振り返った児島君はトロンとした目つきをしています。昨日の真夜中過ぎに見かけた顔そっくりで、身体に積もった雪を払おうともしません。彼は無言で私たちの顔を見たあと、ふたたび謎めいた一軒家へ目をやりました。

「玲子さん、見覚えありませんか」

児島君が言いました。

「これは夜の家ですよ」

そう言われて私はハッとしました。

前年末の画廊の風景が脳裏に甦《よみがえ》ってきました。

勤務先の画廊で、岸田道生という銅版画家の展示会を開催しました。岸田氏は京都のアトリエにこもって「夜行」という謎めいた連作を発表していた画家ですが、亡くなってから三年が経っていました。彼のマネージメントを担当していたのが京都の「柳画廊」です。うちの社長とは先代の頃から緊密な付き合いがあって、東京での展示会が実現したのもその縁だと聞いています。柳画廊との打ち合わせは社長に命じられて私が担当しました。そうして展示されることになった「夜行」という連作の中に、「津軽」というタイトルの銅版画があったんです。目の前にある家は、その絵に描かれていた家にそっくりなのです。

展示準備の終わった夕方に児島君が画廊を訪ねてきて、二人でその銅版画を見たことを思いだしました。

「児島君、どうしてここへ来たの?」

「なんとなくですよ」

児島君はその家を見上げたまま動こうとしません。

夫と私はコンクリートの箱のようなガレージに入って、降りしきる雪から逃れました。雪を払いながら周囲を見まわしましたが、ガレージの中には何もありません。湿ったコンクリートの壁際に、錆《さ》びついた子ども用の自転車と、底に燃え滓《かす》の残った一斗缶が置いてあるきりです。

「焚《た》き火がしたくなるね」という自分の声が荒涼としたコンクリートの壁に響きました。

「誰も住んでいないのかな」

「そうらしいな。どうでもいいよ、そんなの」

夫は苛立《いらだ》ったように言いました。「児島君はどうしちゃったんだ？　さっき彼が言ってたのは何のこと？」

あの銅版画のことを私が語ると、夫は首を傾げました。

「妙な偶然だな」

「だから最初に見たときから、へんな感じがしたのね」

「その画家はここへ来たことがあるってことか。べつに絵にしたくなるような家とも思えないけどなあ」

ドンドンと玄関のドアを叩《たた》く音が聞こえてきました。ガレージの外に目をやると、先ほどまでそこに立っていた児島君の姿が見えません。どうやら彼は住人に声をかけるつもりのようです。

「なにやってるんだろう」と夫は呟きました。

あの美しい銅版画を私は思い浮かべました。

永遠に続く夜のような天鵞絨《ビロード》の闇と、白の濃淡で描きだされた三角屋根の家。その二階にある窓の一つから、顔のない女性が身を乗りだして手を挙げていました。それはまるで絵の中から私に向かって呼びかけているように思えたのです。

ふいに夫が真剣な声で言いました。

「ちょっと様子がおかしくないか」

そう言われて気がついたのですが、児島君がその家の玄関を叩く音は異様なほど大きくなっていました。どーんどーんという重い音がガレージにまで届いてきます。何をしているのでしょう。その音は明らかに常軌を逸していて、まるで恐怖に駆られた人が半狂乱になってドアを破ろうとしているようなのです。

「あいつ、どうしたっていうんだ」

我々がガレージを飛びだした瞬間、ドアを打ち鳴らす音はピタリと止みました。三角屋根の家はひっそりと静まり返っていました。窓を閉じるカーテンはぴくりともせず、降りしきる雪の中に目を閉じて立つ人間を思わせます。玄関のドアは閉じられたままで、児島君の姿はどこにもありませんでした。

○

児島君の名を呼びながら、私たちは家のまわりを一周してみました。裏手には畑なのか庭なのか判然としない雪に埋もれた土地があり、柵の向こうには民家と雑木林が広がっています。

裏手から眺めてもその家の印象は変わりませんでした。まるで表も裏もないような家です。窓にはぴったりとカーテンが引かれ、人が暮らしている様子がありません。ぐるりと家のまわりを巡って、私たちはふたたび玄関前へ戻ってきました。

夫は私の髪に積もった雪を払いながら言いました。

「僕らがガレージを飛びだす直前まで、児島君はドアを叩いていた。姿を隠す時間はなかったはずだ」

「それなら中に入ったの？」

「もしかすると玄関に鍵がかかってなかったのかもしれない。児島君はそれに気づいて中に入った。そうして僕たちが彼を探してうろうろしているのを眺めてるわけだ」

「でもそれ、不法侵入じゃない？」

「児島君らしくもないよな」

夫は玄関に近づくと、ドアノブを摑んで揺さぶりました。やはり鍵がかかっています。児島君の携帯電話にもかけてみましたが、電源が切られているようでした。

「おーい、誰かいませんか？」

夫は平手で玄関のドアを叩きました。

「やっぱり誰もいないらしい。わけが分からないね」

私たちは途方に暮れて顔を見合わせました。

今すぐ警察に通報するようなことでもありません。児島君の個人的事情があるのかもしれないのです。かといって、雪が降る中であてもなく待つこともできません。「いったん駅に戻ろうか」という夫の意見に私も賛成しました。駅舎にはストーブもありますし、温かい飲み物も飲めるでしょう。

「そのうち児島君と連絡が取れるかもしれない」

夫は先に立って、降りしきる雪の中を歩いていきます。

そのまま歩きだそうとして、ふと私は足を止めました。

うまく理由は言えませんが、何かとても大事なことを見落としているように思えたのです。それが何なのか分かりません。私は吸い寄せられるように引き返し、玄関のドアに近づきました。コツコツと叩いて耳を澄ましました。しばらく待っていると、「カチッ」という音が家の中から聞こえたようでした。

私は手を伸ばしてドアノブを摑んでみました。もう鍵はかかっていないと何かが私に囁きかけます。にもかかわらず、ドアを開く勇気が出ないのです。暗い家の中で息を殺している何かが、ドアを開けたとたんに摑みかかってきそうに思えます。私はドアノブを摑んだまま、金縛りに遭ったようになっていました。

ふいに肩を摑まれて、ドアから引き離されました。

「ここから離れよう、早く」

夫の声が聞こえ、気がつくと私は引きずられるようにして、その家から離れていくのでした。

あとで夫から聞いたところによると、私はドアノブを握ったまま、夫の呼びかけにも答えずに茫然《ぼうぜん》としていたそうです。自分では一瞬のことだと思っていましたが、実際はもっと長かったようです。

雪の中を歩きながら、私は遠ざかっていく三角屋根の家を振り返ってみました。雪のベールの向こうで、その家はふたたび目を閉じて眠りについたように見えました。

次の列車までは一時間以上もあり、津軽中里駅には人影はありません。待合室のストーブに手をかざしていると、夫が自動販売機で買った缶珈琲《コーヒー》を持ってきてくれました。暖かさがゆっくりと身体の中に染みこんでいくようです。夫は待合室の中をうろうろと歩きまわりながら考えこんでいました。

「本当なら一本前の列車に乗ってたのにな」

「……へんなことになったね」

「あの家は何なんだろう。どうして児島君は僕らをあそこへ連れていったんだろう」

昨夜、夜行列車の通路に立っていた児島君の姿が浮かびました。あのときから児島君の様子は普段とは違っていたように思えるのです。真夜中に置き去りにされた子どものような、彼の不安そうな顔つきをはっきりと思いだすことができます。

「たしかにあの家は妙だよ」と夫は言いました。

「引き返すときに遠目で見たら、あの家だけ雪が積もってないんだ。これだけ降ってるんだから少しは積もってもよさそうなもんなのに。屋根に暖房設備みたいなものがついてるのかな。しかし人が暮らしてる気配もなかったしな」

ひとしきり独り言のように喋《しゃべ》ったあと、夫はぽつんと呟きました。「……児島君はどこへ消えちゃったんだろう」

そのとき思い出したのは学生時代のあの事件のことです。

英会話スクールのみんなで出かけていった鞍馬の火祭。その夜に姿を消して戻らなかった長谷川さんのこと。

長谷川さんはとても仲の良い友達でした。

英会話スクールにかぎらず、二人であちこち出かけたものです。彼女が上回生であることはあまり気になりませんでした。長谷川さんは国文科の学生でしたが私と同じように絵が好きだったので、よく休日には二人で市内の美術館をまわり、ときには大阪や神戸まで足を延ばしました。一緒にいてあんなにリラックスできる人は当時ほかにいませんでした。まるで子どもの頃から一緒だったような親しみを感じていたんです。

彼女が失踪したときはもちろんショックでした。でもなんといえばいいのか、「彼女ならそういうことも起こり得る」とひそかに思ったこともたしかです。

どれだけ親しくなっても、彼女はいつまでも謎めいた印象を与える人でした。彼女という人間の中心に暗い夜があるという感じで、どこか不安そうな佇まいや、まわりの人への優しさ、心の底を見抜いてしまうような鋭さも、すべてその暗いところからやってくるように私は感じていました。彼女が夜の散歩を好んだことも、そんな連想のきっかけかもしれません。彼女に誘われて、二人で長い「夜の冒険」に出かけたことが何度もありました。そういうときの長谷川さんは生き生きとして見えました。

当時のことを思い返しているうちに、自分は今まで彼女について思い出すことを避けていたことに気づきました。

津軽中里駅で児島君からの連絡を待ちながら、長谷川さんが消えた鞍馬の夜のことを考えていると、あの夜に彼女を吸いこんだ穴は、今もまだ同じ場所にあるのだと思えてきました。

○

夫と私は津軽鉄道で五所川原駅まで戻り、駅から少し歩いた交差点にある二階建ての珈琲店に入ることにしました。青森市内へ向かう前に昼食を取ろうと思ったのです。アンティークや観葉植物を飾った店内には静かな音楽が流れ、食器を洗う音や囁き声のやわらかな響きが心を落ち着かせてくれました。

夫は不機嫌そうな顔をしていましたが、それも無理のないことでした。津軽中里で待っているとき、ようやく児島君から電話がかかってきたのですが、彼はあの三角屋根の家にいるということが分かったのです。

理由を夫が訊ねても「あとで話しますから」と言うだけで、児島君は早々と電話を切ろうとしたそうです。もし彼の言う通りだとすれば、私たちが児島君を探して歩きまわっていたとき、彼はあの家の中で息をひそめていたことになります。あまりにも児島君らしくありません。何かトラブルに巻きこまれているのではないか――夫がそう考えるのも無理はないでしょう。

しかし児島君は夫の心配を笑って一蹴しました。

「あとで追いつきますから、玲子さんによろしく」

そう言って児島君は電話を切ってしまいました。

津軽鉄道に乗って五所川原へ引き返す間も、夫はずっと腑《ふ》に落ちない顔をしていました。

食後の珈琲を飲みながら私は言いました。

「事件じゃないならいいんだけど」

「昨日の夜から児島君はへんだったよな」

私は夜中にトイレに立ったときに児島君を見かけたことを語りました。夫はしばらく考えているふうでしたが、「燃える家か」と言いました。ふいに私はゾッとしました。実際に自分の目で見たかのように、雪に埋もれた空き地の真ん中で燃え上がる家が見えたのです。私の顔が強《こわ》ばるのを見てとったのでしょう、夫は私の手を取って「大丈夫か?」と言いました。

「君もあの家に魅入られたみたいだったからな」

「ドアを開けてみようとしたけど急に怖くなって」

どーんどーんという音が耳に甦ってきました。あれは本当に児島君が玄関を叩く音だったのでしょうか。すでにあのとき児島君はあの謎めいた家に閉じこめられていたのではないかという気がします。あのどーんどーんという音は児島君が外へ出ようとする音だったのかも――。

もちろんそんなのは私の妄想で、何の根拠もないことなのです。

「とりあえずは二人旅だ。児島君が追いついたら、とっちめてやろう」

夫は私を元気づけるように言いました。

私たちは五所川原の駅前へ戻り、タクシーの事務所に相談して、三内丸山遺跡まで送ってもらうことになりました。宿泊予定のホテルは青森駅のそばにあるのですが、遺跡から青森駅まではバスが出ていることが分かったからです。

三内丸山遺跡まではタクシーで四十分ほどの道のりでした。五所川原の市街地を抜けて高架になった自動車道に入ると、湿気で曇った窓の外には雪に埋もれた田園や林檎畑《りんごばたけ》が広がって、右手の遠くには岩木山の山影がぼんやりと見えました。

夫と運転手の世間話を聞きながら、私はうつらうつらとしたようです。断続的な眠りは不快でした。前夜からの出来事が切れ切れに脳裏に浮かんでは消えていきます。何かそこに脈絡があることは分かっているのに、今の自分にはどうしてもそれを摑むことができないのです。

夫に肩を揺さぶられて、私はハッと身を起こしました。

「着いたよ」と夫は言いました。

いつの間にか、タクシーは雪に埋もれた大きな建物の前に停《と》まっていました。タクシーから出ると突き刺してくるような外気が心地よく感じられました。私たちはがらんとした受付で長靴に履き替えて遺跡へ出ていきました。

黄色いレインコートを着た初老の男性が園内を案内してくれました。雪原の向こうで、竪穴《たてあな》式住居がカマクラのように盛り上がっているのが見えています。冬の遺跡を訪れる人は少ないらしく、ちらつく雪の中を歩きまわっているのは私たちだけでした。

「夏に来るほうがいいのかな」と夫が呟きました。

「そんなことありませんよ」

案内をしてくれる男性が洟《はな》をすすりながら言いました。

「私は冬も好きです。あちらに八甲田山が白く見えるのがいいです。きれいです」

土器のかけらが埋まった断層や、地下水を汲《く》み出す音が響く遺構を眺め、やがて栗《くり》の大木を組み上げて作った塔のような不思議な建物の下へきました。そこで夫がふいに言いました。

「どうして夜行列車に乗ろうっていう話になったのかな」

「そんなの覚えてないよ」

「あれは去年の年末だったよね。児島君がうちに遊びに来たときだよ。夜行列車の話を始めたのは君だったろ？」

「そうだった？」

「何か理由があったとは思わない？」

夫は遺跡を歩きまわっている間も、前夜から続いている妙な出来事に筋道をつけようとして考えこんでいたのでしょう。

「何も思い出せない」

私が言うと、夫はまた黙って考えこんでいました。

そして遺跡の見学を終えて引き返していくときのことです。

雪原の向こうにある杉木立に目をやった私は、そこに人影が見えることに気づきました。それは若い男性と、小さな女の子の二人連れらしく、はじめは親子だと思いました。

「あそこを歩いてる人がいるね」

私は指さしたのですが、夫は「どこ?」と言って首を傾げました。「あそこにいるじゃないの」と私が杉木立を指さしても、夫はそのあたりを睨《にら》むだけで「誰もいないよ」と言うのです。しかし私の目にはその二人連れがちゃんと見えるのです。彼らは立ち止まってこちらを見ているようです。そのうち私はハッとしました。遠目でハッキリしませんが、その男性は児島君のようだったからです。

「あれは児島君じゃない? あの女の子は誰だろう」

「俺には何も見えないぞ」

「何を言ってるの。あそこにいるじゃない」

私は大きく手を振って雪原の向こうへ「児島くん!」と呼びかけました。そうすると、彼も手を挙げ、かたわらの小さな女の子も手を挙げました。女の子の赤いコートがはっきり見えます。

夫が案内人の男性に訊ねているのが聞こえました。

「何か見えますか」

「はあ、何も見えませんがね」

私は長靴で雪を踏みしめながら前へ出て、児島君の名を呼び続けました。けれども彼は手を挙げるだけで返事もしないし、こちらへ来ようという素振りも見せないのです。それにしても、あの児島君と一緒にいる女の子は誰でしょう。やがて彼らはスーッと後ろに退くようにして、暗い杉木立の奥へ消えてしまいました。

「……どういうつもりだろう。こんなに呼んでるのに」

そう呟いたとき、夕陽《ゆうひ》に染まった貯水池の土手が、鮮やかに脳裏に浮かんできました。その土手の上を、長く伸びた影を引きずりながら歩いていくのは小学生の頃の自分です。そのかたわらに、もうひとりの女の子の姿が見えました。

私は「佳奈《かな》ちゃん」のことを思いだしたのです。

○

私は父の仕事の都合で幼い頃は海外で暮らし、小学校三年生の春、東京近郊の町に引っ越してきました。京都の大学へ行くまで、私はその町で育ったのです。

実家は高台に広がる新興住宅地の端にあって、眼下に大きな貯水池を見下ろすことができました。それは宅地開発が始まる前からあったという古い貯水池で、夏にはたくさんの亀が泳いでいましたし、冬になると渡り鳥が姿を見せたものです。水際に広がる芦《あし》の藪《やぶ》は薄気味が悪くて、夕暮れになると溺れ死んだ子どもの幽霊が出るという噂《うわさ》も囁かれていました。

その貯水池の土手上には一本の小道が走っていて、学校からの帰り道、私はその道を歩きました。

登下校時にその小道を歩くのは学校から禁じられていたのですが、正しい通学路を通ると遠まわりになってしまうからです。私は学校のルールを気にかける子どもではありませんでしたし、下校時はいつもひとりでした。まだ帰国したばかりで、日本の小学校の雰囲気に馴染《なじ》めなかったのでしょう。そして同じクラスの佳奈ちゃんと出会ったのは、その小道を歩いていたときでした。

それぞれクラスで孤立していたことが私たちを結びつけたんだと思います。佳奈ちゃんは気に入らない人間とは口もきかない子で、先生さえ例外ではありませんでした。慣れない学校に苛立っていた私は、佳奈ちゃんの超然とした雰囲気に憧れたのです。

しかも私たちには「絵を描く」という共通の楽しみがありました。佳奈ちゃんは絵を描くのが好きでしたが、美術部に入るとか、美術の授業で先生に褒められるとか、そんなことにはまるで興味がありません。彼女が絵を見せる相手は私だけでした。そのことを私はとても誇らしく思っていました。

佳奈ちゃんの家は貯水池の土手の下にありました。雑木林に囲まれた空き地にぽつんと建った明るい一軒家で、いかにも佳奈ちゃんが暮らす家にふさわしいと感じられたものです。

その一軒家を訪ねていって、私は彼女と一緒に絵を描きました。佳奈ちゃんの部屋は二階にありました。まるで画家のアトリエのような板敷きの部屋で、真夏でもひんやりしていました。

彼女は服を脱ぎ捨てて裸のような格好になり、床に寝転がって描くのが好きで、私も彼女の真《ま》似《ね》をしました。そうすると絵が上手になるような気がしたのです。室内は水に沈んだように涼しくて、窓からは貯水池を渡った風と蟬《せみ》の声が入ってきました。

絵を描く手をやすめて寝転がっている佳奈ちゃんは、まるで美しい魚のようでした。

○

三内丸山遺跡からバスに乗って青森駅へ向かいました。

バスに揺られている間、私は雪原の向こうに見えた人影のことを考えていました。児島君が手をつないでいた女の子は佳奈ちゃんにそっくりでした。でもそんなことはあり得ないのです。佳奈ちゃんと遊んでいたのは二十年近くも前のことです。そして夫にも、案内してくれた男性にも、彼らの姿は見えなかったのです。

「いったいあれは何だったんだろう」

私はひとりで考えこんでいました。あまりにも摑みどころのない話なので、夫に話すのはためらわれました。

青森駅の近くにある土産物店で買い物をしてから、私たちはホテルにチェックインしました。児島君はまだホテルに着いていないようです。夕方の五時をまわって、青森の市街はもう暗くなっていました。夫は窓の外を見て心配そうに呟きました。

「どうしてこんなことになったんだろうな」

私はベッドに寝転がりながら、なんともいえない淋しさを感じました。この旅に出るとき、夜の上野駅で夜行列車を待っていたときに私をとらえた淋しさです。児島君がここにいてくれたら、こんな気持ちにはならないのにと思いました。みんなで夕食をとりに出かけて、明日の予定を相談して……。

夫は窓辺から歩いてきて、隣のベッドに寝転がりました。しばらく二人とも黙りこんだまま天井を見つめていました。私がうつらうつらしていると、ふいに夫が呟きました。

「津軽中里のあの家だけどさ」

「うん?」

しかし夫はあとを続けません。寝返りを打ってそちらを見ると、夫は天井を睨んで眉をひそめています。

「どうしたの?」

「……いや。やっぱり見間違いだろうな」

「なに自分だけで納得してるの。ちゃんと言ってよ」

「じゃあ言うけどさ。窓から誰か覗いてなかったか?」

なんだかゾッとして、私は身を起こしました。

「どうしてそんな怖いこと言うの」

「君は見なかったか?」

「なんにも見なかった」

「津軽中里であの家から離れるときだけど——」

あのとき、先に歩きだした夫は、しばらくしてから私がついてきていないことに気がつきました。振り返ると、私が玄関のドアノブを握ったまま立ち尽くしているのが見えました。あわてて引き返そうとしたとき、二階の窓の一つでカーテンが動いたようでした。それはまるで、眠りについていた家が薄目を開けたように感じられました。そして顔を上げてその窓に目を凝らしたとき、カーテンの隙間から人影が見えたというのです。

「それ児島君……ではないよね」

もし彼だったら、夫は何も悩まないはずです。私と一緒にドアを開けて児島君を問い詰めていたでしょう。

「児島君じゃない。あれは女の人だったと思う」

「女の人？」

「……たぶんね」

「どうしてあのとき言ってくれなかったの」

「すぐにカーテンが閉じたし、そもそもよく見えなかったんだよ。それに君の様子も変だったしな。なんだか気持ち悪くて、早くあの家から離れようとしか思わなかった」

しかし夫は何かを隠しているように感じられました。本当は窓から覗いていた人をハッキリと見たのに、そのことを黙っているという気がしたんです。そんなふうに、奥歯に物の挟まったような言い方をするのは夫らしくないことです。

そのとき夫の携帯電話が鳴りました。

すぐに夫はベッドから身を起こして電話を取り、「どこにいるんだ？」と言いました。一呼吸置いてから「何してるんだよ」と声を上げるのを聞いて、私も身を起こしました。夫と児島君のやりとりを聞いているうちに、彼がまだ津軽中里のあの家にいることが分かりました。やがて電話を切った夫の顔は曇っていました。

「こちらへ来るのは夜になるらしい」

「まだあっちにいるの？」

「そう言ってる」

だとすれば、やはり遺跡で見た人影は私の見間違いだったことになります。それは少しホッとすることでもありました。けれども児島君があの家に残って何をしているのかは分かりません。

「夕食はどうするの？」

「俺たちだけで食べてくれってさ」

「どういうつもりなんだろう」

「児島君は何も説明しないんだよ。あんな勝手な奴だとは思わなかった。夜になって追いついてきたって知るもんか」

「そんなに怒らないで」

「腹が空《す》いてるからイライラする。夕食に行こう」

○

児島君が前もって予約してくれたという和食料理の店は、青森駅から東に延びる表通りから南へ一本入ったところにありました。路面は踏み固められた雪で凍りついていて、危うく転びそうになるところを夫が支えてくれました。二人でよちよちと裏通りを歩いて、料理店に辿《たど》りついたときにはホッとしました。

料理はとても美味《おい》しかったのですが、やはり児島君のことも気にかかり、話は弾みませんでした。明日の予定を考えなければならないのですが、そんな気にもなれません。夫は何かをひとりで抱えこんでいるように思えます。同じことは私にも言えることで、あの遺跡で見かけた人影は児島君ではないと分かったあとになっても、あの杉木立に消えていった女の子の姿が繰り返し頭に浮かんでくるのでした。そして気がつくと私の心は、小学校時代の友達である佳奈ちゃんへ吸い寄せられていくのです。

佳奈ちゃんは不思議な子でした。

いま思い返してみても分からないのは、佳奈ちゃんの家族と顔を合わせた記憶がないことです。まるで佳奈ちゃんはその一軒家にひとりで暮らしているかのようでした。家族の話をしようとすると、彼女は黙って部屋を出て、どこかに隠れてしまいました。そんなときはたいへん心細くなりました。私が泣きそうになっていると、やがて佳奈ちゃんはふらりと戻ってきて、私の頬に接吻《せっぷん》し、また絵を描き始めたものです。彼女の機嫌を損ねるのが怖くて、私はよけいなことを訊ねなくなりました。

もう一つ不思議なのは、佳奈ちゃんがクラスの子たちから「嘘《うそ》つき」と言われていたことです。私の知るかぎり、佳奈ちゃんは気難しい子ではありましたが、嘘をつくようなことは一度もありませんでした。彼女がどんな嘘をつくというのかと訊《き》いても、クラスの子たちは「嘘つきは嘘つき」と言うだけです。私は佳奈ちゃんのためにひそかに憤ったものでした。

そんなことを思い出していると、夫が言いました。

「いま何を考えてる?」

「すごく昔のこと」

「どれぐらい昔?」

「小学生の頃。不思議な友達がいたの」

「それは佳奈ちゃんのことかい?」

意外な夫の言葉に私は驚きました。

「どうして知ってるの?」

「お義母《かあ》さんから聞いたんだよ、たぶん」

「どうしてあなたにそんな話をしたんだろう。母は佳奈ちゃんのことが嫌いだったのに」

「そんなふうには聞いてないけどな」

はっきりと口で言うようなことはありませんでしたが、母は私が彼女と遊ぶのには反対だったようです。今にして思えば、母が絵画教室に勝手に申しこんだのも、私と佳奈ちゃんを引き離すための方策だった気がします。

○

その頃、母が駅前の子ども向け絵画教室を見つけてきて、そこに通うように私に言いました。気が進みませんでしたが、母はすでに手続きを済ませてあるというのです。私に相談もなしに、母が一方的にそんなことを決めたのはあの一度だけです。

けっきょく、私はしぶしぶ絵画教室に通い始めました。

それが佳奈ちゃんには気に入りませんでした。「自分よりも絵が上手《うま》くなりたいんだ」「そうして自慢したいんだ」というようなことを佳奈ちゃんが言うようになって、私たちの仲は次第にぎくしゃくし始めました。遊びにいっても佳奈ちゃんは隠れてしまうことが多くなってきました。私は淋しい思いをしました。そのかわり絵画教室には同じクラスの女の子がいて、その子と親しくなったおかげで学校へ行くのは以前よりも気楽になってきました。

私がクラスに馴染むにしたがって、佳奈ちゃんが学校に姿を現す日は減っていき、ついに彼女は学校に来なくなりました。私は心配していましたが、佳奈ちゃんに憎々しいことを言われるのがイヤで、あの一軒家を訪ねていくことはありませんでした。学校を下校するときも他の子に合わせて遠まわりをするようになり、あの貯水池の土手は通らないようにしました。

最後に佳奈ちゃんを訪ねたのは冬の日でした。

貯水池の土手は雪に埋もれていました。転げ落ちないように気をつけながら、私は一歩一歩足を踏みしめるようにして土手をおりていきました。冬枯れした木立に囲まれた空き地には足跡一つなく、その向こうに一軒家がぽつんと建っていました。ふいに背筋がぞくりとして、足がどうしても進まなくなりました。

その家にかつての明るい雰囲気はありませんでした。

雪のちらつく灰色の空の下、緑色の三角屋根は悪趣味に感じられました。白い壁には巨人の影のような不気味な染みがあって、異様に多い窓にはすべて分厚いカーテンが引かれています。

佳奈ちゃんの家は目を閉じて眠りについたようでした。

○

その雪の日の記憶は唐突に溢《あふ》れてきて、私は茫然としました。どうして今まで忘れていたのだろう。

我に返ると、夫が心配そうに見つめています。

「どうしたの?」

「なんでもない。ちょっと昔のことを思い出して」

「お腹《なか》もふくれたし、ちょっと散歩するか」

「そうね」

そうして私たちは冷たい夜の街へ出ていきました。

ちらちらと雪の舞う裏通りは静まり返って、スナックや居酒屋の明かりが凍《い》てついた路面を輝かせていました。よちよちと歩きながら見上げると、廃屋の二階の軒先から、子どもの背丈ほどもある氷柱《つらら》が下がっていました。「あんなのが落ちてきたら死ぬよな」という夫の陽気な声が、暗いトンネルのような裏通りにうつろに響きました。そうして凍りついた街を歩きながらも、私は一つの謎を振り払うことができませんでした。津軽中里で児島君が消えたあの家は、佳奈ちゃんの家にそっくりだったんです。

私たちはシャッターを下ろした商店や古びた雑居ビルが連なる裏通りを歩いていきました。橙色の外灯が道路脇に積まれた雪を染めています。凍りついた路面にがりがりとチェーンの音を響かせながらバスが通りすぎました。頰に触れる雪の感触が、最後に佳奈ちゃんの家を訪ねた、あの冬の日を思い起こさせました。

「あのあと、何が起こったのだろう」

そんな疑問が頭をかすめました。

どうして私は何も覚えていないのだろう。あの日、あの家に私は入ったんだろうか。どうしてあのあと、私は一度も佳奈ちゃんと会うことがなかったのだろう。

「ねえ、母さんはなんて言ったの?」

「なんの話?」

「佳奈ちゃんのこと」

「いやあ、べつに。変わった子だったらしいね」

「本当にそれだけ？」

「雪が強くなってきたね」

夫はそう言って暗い空を見上げました。

「国境の長いトンネルを抜けると雪国であった——」

その言葉を聞いたとき、夜行列車の車窓からの眺めが、まざまざと目の前に浮かんできました。まるで童話の挿絵のような雪国景色。そして列車が通りすぎる一瞬、闇に鮮やかな火の粉を吹き上げていたもの。児島君がそのとき見た「燃える家」を、私はありありと思い描くことができます。

なぜならそれは、かつて小学生の私が見たものだから。

あの冬の日、貯水池の土手は青白く浮かびあがっていました。必死で駆け上がってから振り向くと、闇の底に雑木林が明々と照らしだされていました。真っ暗な空に無数の火の粉を吹いて、佳奈ちゃんの家は燃えていました。硝子窓の中で火炎が命をもっているように踊るのが見えました。私は土手に立ち尽くして熱い息を吐きながら、燃える家を見守っていたのです。

「あの家に火をつけたのは私だった」

そんな確信が胸に広がり、思わず私は立ち止まりました。

そのとき私たちは市場のような建物の前を通りかかったところでした。「青森魚菜センター」という看板があり、半分下ろされたシャッターの隙間から蛍光灯の明かりが洩《も》れています。その市場を覗きこんだとき、通路を駆けていく女の子が見えました。

「佳奈ちゃん?」

私が呟くと、夫がギョッとしたように振り返りました。

○

私はシャッターをくぐって市場に入ってみました。

通路の両側には縁日の夜店のように店舗が連なっていました。その日の営業はとっくに終わっているのでしょう、お客どころか店の人の姿も見えませんでした。濡れたコンクリートの通路や、シートで覆われた売り台を、古びた蛍光灯が冷ややかに照らしているばかりです。私はもう一度、その名を呼びました。

「佳奈ちゃん?」

通路に面した売り台の奥は薄暗く、いくらでも隠れるところはありそうです。私は両側に目を配りながらゆっくりと歩いていきました。天井から吊《つ》られた大漁旗や手描きの鮪《まぐろ》の絵、観光客向けの宣伝文句が見えます。明かりの落ちた市場では、それらの賑《にぎ》やかな飾りつけもかえって不気味なものに感じられました。

追いかけてきた夫の声が低い天井に反響しました。

「どうしたっていうんだ」

「ここに女の子がいたのよ」

「女の子ぐらいどこにでもいるよ」

「あれは佳奈ちゃんだった」

夫は溜息をついて市場を見まわしました。

「児島君の次は君までへんなことを言いだすのか。勘弁してくれよ。どうして小学校の友達がそのままの姿で現れるんだ？」

「わたし、佳奈ちゃんの家に火をつけたの」

そう言うと、夫は黙りこみました。けれども私の言葉に衝撃を受けたようには見えません。やがて夫は言いました。

「……本当にそう思うのか？」

夫は通路に立って私を見つめていました。その目は落ち着いていて、私の心の底まで見通すように感じられます。

やがて夫は私を諭すように言いました。

「燃えた家なんてないんだよ」

「どうしてそんなことが言えるの」

「佳奈ちゃんは君の夢なんだ。いわばもうひとりの君なんだよ」

私には夫が何を言っているのか分かりませんでした。

「これはお義母さんから聞いたことだが、当時君は学校にうまく馴染めなかったらしい。佳奈ちゃんは変わり者で誇り高くて絵が上手だったというけど、それはようするに君のことだ。クラスの子たちに『嘘つき』と呼ばれていたのも君なんだ」

私はあっけにとられて呟きました。

「そんなこと信じられない」

「佳奈ちゃんが姿を見せなくなったのは、君が佳奈ちゃんを必要としなくなったからだよ。すべては想像の世界の出来事だ。落ち着いて考えてみるんだ。小学生が人知れず友達の家に火をつけるなんて不可能だよ」

濡れたコンクリートの放つ冷気のために、身体の芯が凍りついたように感じられます。夫は懸命に私を安心させようとしているようでした。それでも私は納得できないのです。

「ちがう。あなたは何も分かってない」

私は佳奈ちゃんの家のあの部屋を思い浮かべました。窓から吹きこむ夏の風がカーテンを揺らして、佳奈ちゃんと私はひんやりとした板の間に腹ばいになって絵を描いています。それは懐かしくて美しい光景、二人だけの甘い世界でした。夫の言うことを頭で理解することはできても、あの部屋で美しい魚みたいに身をよこたえていた佳奈ちゃんを消し去ることはできません。それでは佳奈ちゃんを二度殺すことになると私は思ったのです。

「津軽中里の家はどう説明するつもり？」

私は言いました。「あれは佳奈ちゃんの家だった」

「そんなことはあり得ない。君の思いこみじゃないのか」

「児島君はどうして姿を消したの」

夫はふいを突かれたような顔をしました。

「それは別の問題だろう」

「それならあの遺跡で私が見たのは何だったの。児島君と佳奈ちゃんは手をつないでた。もしあの家が佳奈ちゃんの家だったとしたら、児島君は佳奈ちゃんと一緒にいるんだわ」

夫の顔は次第に青ざめて歪《ゆが》んでいきました。

「おい、何が言いたいんだ。まるで……」

「あの家で児島君が消えたあと、誰かが窓から覗いてた。あなた、その人を見たんでしょう」

「さっきも言ったろ。よく見えなかったって」

「嘘を言わないで」

「嘘じゃない」

「嘘よ。それはどんな人だったの?」

「でも……でも、あり得ない。あり得ないんだよ」

夫は苦しげに言いました。

「窓から覗いてたのは君だった」

そのとき背後で箱の崩れるような音がしました。

振り向くと、通路の突き当たりに佳奈ちゃんが立っていました。彼女は小学生の頃のままの姿でした。濡れた赤いコートが蛍光灯の光を浴びてキラキラと光っていました。佳奈ちゃんは私に微笑《ほほえ》みかけて手を振りました。そして突き当たりの引き戸を開け、市場の裏手へ駆けだしていくのです。

「佳奈ちゃん、待って！」

私は大声を上げ、彼女を追って走りました。

市場の裏手に出ると、そこには雪の積もった空き地が広がっていました。古いビルが解体された跡地らしく、街中にぽっかりと空いた白い穴のようです。その空き地の中央には三角屋根の一軒家があり、窓という窓を燦然《さんぜん》と輝かせています。その輝きはシンバルを打ち鳴らしたように私の心を震わせました。

それは佳奈ちゃんの家なのでした。

○

その前年、十二月半ばのことです。

勤め先の画廊では、岸田道生氏の個展「夜行」に向けて、京都の柳画廊から移送してきた作品の搬入と設置が終わったところでした。銀座の裏通りに面した窓の外は暗いのですが、室内は別世界のような明るさに溢れていました。乳白色の壁にかけられた銅版画は神秘的な夜の気配を湛《たた》えていました。

そこへ児島君が訪ねてきました。

「やあ、玲子さん。こんばんは」

「あら、児島君」

「今日は早く終わったんで有楽町で買い物を。ついでに顔を出してみようと思ったんです。先輩は今夜遅くなるみたいですよ、ちょっと出先でトラブルがあって……」

そんなことを言いながら、彼は銅版画を覗きこみました。

彼は腕組みをして「ほう」と溜息をつきました。

「なかなか神秘的な絵ですね。いいな」

「岸田道生の作品。三年前に亡くなったんだけど」

それらの銅版画を長く見つめていると不思議な感覚にとらわれます。乳白色の壁に穿《うが》たれた四角い穴の向こうには、永遠の夜の世界が広がっているように感じられるのです。連作「夜行」は四十八作あって、柳画廊の柳さんによれば、それらが一堂に会する東京での個展は初めてということでした。「尾道」「伊勢」「野辺山」「奈良」「会津」「奥飛驒」「松本」「長崎」……。

「玲子さんは、岸田さんと会ったことあるんですか？」

「噂話なら色々聞いたことがあるけど、会ったことはないの。ちょっと変わった生き方をしてた人みたいよ」

「この連作だけをずっと描いてた人なんですか？」

児島君に訊かれて、私は柳画廊の柳さんから先日聞いた逸話を思いだしました。

じつは岸田道生には「夜行」と対になっている、「曙光《しょこう》」という秘密の連作があるという話です。「夜行」が永遠の夜を描いた作品だとしたら、「曙光」はただ一度きりの朝を描いた作品だと岸田道生は語ったそうです。ところが生前、岸田道生はその「曙光」を誰にも見せることはありませんでした。

そんな話をすると、児島君は興味深そうに言いました。

「その作品は今どこにあるんです？」

「分からないの。岸田さんが亡くなったあと、画廊の人が遺品の整理をしたらしいけど、『曙光』に関連するものは一切見つからなかったって」

「それなら嘘だったわけですか？」

「今にいたるも謎のまま」

「たしかにへんな人だな、岸田さんって人は」

児島君と一緒に順々に見ていくうちに、私は一つの作品の前で足を止めました。「夜行――津軽」というタイトルでした。

それは白の濃淡で描きだされた三角屋根の家の絵でした。二階にある窓の一つから、顔のない女性が身を乗りだして手を挙げています。展示されている四十八作の銅版画の中でも、その絵はとりわけ懐かしく、同時に気味の悪いものに感じられました。じっと見つめていると、なんだか息苦しくなってくるのですが、それでも目をはなすことができないのです。

児島君が怪訝そうに言いました。

「どうしました？」

「この絵がなんだか気になるの。どうしてだろう」

「なんだか高原の別荘みたいじゃないですか。こんな家、本当に津軽にあるのかな」

「児島君、岸田さんの秘密、もう一つ教えてあげようか」

「なんです？」

「ここにあるのは旅先の風景を描いた連作だけど、実のところ岸田さんはどこへも行ってないんだって」

「まじですか」

「彼は旅をしなかったの」

「信じられない話ですね。地名までタイトルにしてるのに」

児島君は呆れたように言いました。「それなら、こんな家は津軽には存在しないわけですか」

「どうかなあ。偶然の一致ということもあるでしょ」

私は手を伸ばして、その銅版画の家の輪郭をなぞるように指を動かしました。窓から身を乗りだしている顔のない女性。

「岸田さんは日が昇る前に眠って日が沈んでから起きるという生活を続けてたの。友人たちと会うのも夜だけだった。彼は連続する夜の世界で暮らしていて、そこで見えた風景を作品にしていた……だから『夜行』なんだって」

「へえ。夜の世界か」

児島君は感心したように呟きました。それから彼は何かを言いたそうにしましたが、その先を続けようとはしません。ただ私の隣に立って銅版画を見つめています。

「どうしてこんなに懐かしい感じがするんだろう」

私は銅版画を見つめながら呟きました。

「この家は私の夜の世界に建ってるのかも」

○

その家へ向かって、私は雪を踏んで駆けだしました。

夫が遠くから呼びかける声が聞こえましたが、振り返るつもりはありませんでした。

その家の二階の窓が内側から押し開かれて、ひとりの女性が身を乗りだすのが見えました。窓から溢れる光が眩しすぎて、その姿は黒い影にしか見えません。けれども私にはそれが佳奈ちゃんであるということがはっきりと分かりました。彼女は私に向かって両腕を開き、その家へ迎え入れようとしているのです。

そのとき私にはようやく分かったのです。

銀座の画廊であの銅版画を見た瞬間から、佳奈ちゃんは私に呼びかけていたのでした。夜の上野駅を出た夜行列車は、この家を目指して走っていたのです。今、佳奈ちゃんの家は息を吹き返して、夜の底に燦然と輝いていました。すべてのカーテンは開かれて、窓という窓がぎらぎらと光っていました。
それはまるで内側から燃えているようでした。

第四夜　天竜峡

「これは二年前の春、飯田線に乗ったときの話だ」

四番目に語り始めたのは田辺さんだった。

田辺さんは仲間内では最年長で、中井さんよりも二年ほど歳上《としうえ》になる。長谷川さんが失踪した年、田辺さんはすでに大学を卒業しており、友人の立ち上げた某劇団に所属していた。外見は豪快そうだが、繊細なところもある人だ。

武田君や中井さんは田辺さんの下宿に転がりこんでよく酒盛りをしていた。私も誘われて何度か顔を出したことがある。長谷川さんが失踪した翌年あたりから、彼はアルバイトや劇団活動が忙しくなって、英会話スクールで姿を見なくなった。

数年経《た》って劇団が解散になってからは、何年か東京で働き、今は郷里の豊橋に戻って実家の家具店で働いているという。

ここからは田辺さんの話である。

○

伊那《いな》市には伯母夫婦が住んでいる。

以前から遊びにこいと言われていたので、仕事のついでに寄ることにした。仕事仲間は先に車で帰らせて、俺は伯母夫婦のところに一泊して、次の日も従姉《いとこ》家族と食事をしたり、何やかんやと忙しかった。そういうわけで、豊橋へ帰るために飯田線の伊那市駅まで出たときには、もう夕方になっていた。

地元高校生たちの下校時刻らしく、二両編成の列車は満員だった。

車窓からは駒ヶ岳《こまたけ》につらなる中央アルプスが見えて、その頂上付近にはまだ雪が残っている。沿線の駅に停《と》まるたびに乗客は減っていき、やがて俺もボックス席に腰をおろすことができた。中央アルプスとは反対の側なので、車窓には広々とした農村風景が広がり、夕陽《ゆうひ》に照らされた南アルプスがくっきりと見えた。

そのうち、反対側のボックス席で語り合う二人連れに興味を惹《ひ》かれた。ひとりは純朴そうな女子高生で、赤いマフラーをまき、小さなスヌーピーのヌイグルミをぶら下げたリュックを抱えている。もうひとりは頭を剃《そ》った中年の坊さんで、黒衣をまとって革製の旅行鞄《りょこうかばん》を抱え、平べったい風呂敷包みを足下に置いている。この二人連れは、伊那市駅のホームで見かけたときから、親しげに会話していた。地元の坊さんと檀家《だんか》の娘だろうか。

ふいに女子高生が俺に声をかけてきた。

「どこまで乗るんですか？」

「豊橋まで行くんだよ」

「終点まで？　ホントですか？」

こちらへ身を乗りだしてきたのを見たら、何かを訴えるような目つきをしてる。坊さんは薄笑いを浮かべてそっぽを向いていた。

「まだまだ先が長いんだよ」

俺が会話に加わったら、女子高生は心なしかホッとしたように見えた。じつは坊さんにからまれて困っていたのかもしれない。

そのときカーブした電車が山陰に入って、車内が水の底をくぐるように暗くなった。坊さんが横目で俺をジロリと見た。まるで睨《にら》むような目つきだった。

○

山陰を抜けると車窓から西陽が射《さ》しこんできて、女子高生と坊さんを照らした。肘掛けに頬《ほお》杖《づえ》をついた女子高生の頬はふっくらして、日向《ひなた》でふくらむ布団みたいだった。川底に沈んだ山《さん》椒《しょう》魚《うお》のような血色の悪い坊さんとは対照的だ。

彼女は伊那市の高校に通う二年生だという。

彼女の常識からすれば、この先さらに何時間も同じ列車に揺られるのは苦行以外のなにものでもないだろう。「鉄道マニアなんですか」と訊《き》かれた。たとえ鉄道マニアでなくたって、こんなふうに旅をしたくなることはあるものだ。「移動してる間は何もかも忘れてボーッとできるからなあ」と俺は言った。

「何か悩みごとがあるんですか」

「まあね。色々とね」

「へえー」

「君にだって悩みぐらいあるだろ?」

俺が言うと、彼女はふふふと笑う。

「どうですかね。悩んでるつもりですけどね」

こちらの懐にスッと滑りこんでくるような笑顔だった。

それから中央の通路を挟んで俺たちは話を続けた。車窓の外を、ゆるやかな段々畑や咲き始めたばかりの紅梅や、飴色《あめいろ》に光る瓦屋根が流れていく。田舎家の縁側で日向ぼっこでもしているような良い気分になった。

その間、どういうわけか窓際の坊さんは一言も口をきかなかった。ポケット版の分厚い時刻表を膝に広げて何か考えこんでいるらしかった。それにしても、この女子高生はどこまで乗っていくんだろう。すでに伊那市から一時間以上も揺られている。

「ずいぶん遠くから通ってるんだな」

「そうなんですよ」と彼女は俯《うつむ》いてリュックにつけたヌイグルミを揉《も》んだ。「ホントたいへんなんです。ふだんは車内で勉強してますけど、今日はもういいや」

やがて列車が小さな駅に停まった。

車両のドアが開くと冷たい空気が流れこみ、時間が止まったような静寂があたりを包んだ。ふいに女子高生が座席の肘掛けから身を起こして、車窓へ身体《からだ》をねじった。いつの間にか赤いマフラーをはずしていたので、大人びた首筋があらわになった。

彼女は腕を伸ばし、窓の向こうを指さした。

「あそこに商店があるの。見えますか?」

俺が身を乗りだすと、坊さんも釣られて窓の外を見た。

改札を抜けた先は小さな広場になっていて、その向こうに古びた建物が軒を連ねている。「商店」というのはそのうちの一つで、色褪《いろあ》せたヤマザキパンの看板が見える。表にはアイスクリーム用の冷凍庫と自動販売機が置いてあった。軒の下は夕闇に沈んでいるような暗さで、湿気《しけ》った土間の匂いさえ想像できる。二階の雨戸はなぜか閉《た》てきってあるが、軒先から数珠繋《じゅずつな》ぎの玉葱《たまねぎ》が吊《つ》り下がっている。片田舎でよく見かけるような廃業寸前の商店だった。

彼女は車窓を見つめながら言った。

「毎日見ているうちに、だんだん気になってきたんです。どうしていつもあんなに薄暗いんだろうとか、どうして誰の姿も見えないんだろうとか、どうして二階の雨戸はいつも閉まってるんだろうとか。いったん気になり始めると、どうしても見ちゃうんですよ。見れば見るほど、それがへんなものに見えてくるの。そういうことってありませんか？　私がへんなんですかね？」

この車窓の眺めは、俺にとっては非日常的な眺めだが、彼女にとっては日常の眺めだ。しかし日常的な眺めだからといって、それが平凡なものであるとはかぎらない。毎日眺めるものだからこそ、かえって妙なものが気にかかるということはあるだろう。それにしても人は見かけによらない。この子は意外に妄想家だなと思った。

「気になるなら、一度降りてみればいい」

「夢の中なら降りたことありますよ」

また妙なことを女の子は言った。

「よくそういう夢を見るんです。列車の窓から見えた場所を訪ねていく夢。それがすごくリアルなんですよね。ときどき本当に行ったと思いこんじゃうぐらい。こうして車窓を見てるときに、『あそこは先週行ったなあ』とか自然に考えてるんですけど、しばらくしてからフッと我に返って、ちがうちがう、あれは夢の中だって……すいません、へんな話してますね」

「じゃあ、本当に行ってみたことは一度もないのか？」

彼女は真面目な顔をして、「たぶん」と言った。

もう一度、俺は改札の向こうの商店の奥を覗《のぞ》いてみた。そう言われてみれば何か異様な気配を感じる。そのとき、売り台の奥の暗がりで何かが動いたような気がした。次の瞬間には列車が動き出して、何者かが大儀そうに身を起こすような暗がりの動きの印象だけが残った。

気怠《けだる》い夕方の光が車内をまだらに染め上げている。

「君はどこまで乗るんだい？」

俺が訊《たず》ねると、彼女は上目遣いで見返してきた。

「……どこまでだと思います？」

その目つきに色香のようなものが漂った。川底で身をくねらせていた美しい魚が、一瞬だけ水面に浮かび上がったような感じだった。あっけにとられていると、彼女は虚空に視線を漂わせるようにして、唐突に窓際の坊さんに声をかけた。

「お坊さん、早く当てないと着いちゃいますよ」

坊さんがポケット版の時刻表から顔を上げた。もごもごと呟《つぶや》いてから俺のほうを見た。その顔には意外にも、かすかに不安そうな表情が浮かんでいる。

「降参ですよ、お嬢さん。私の負けだ」

○

どういうことなのか、とっさには判断できなかった。

「あら、降参ですか？」

女子高生の口元には微笑が漂っていて、不安そうに見える坊さんとは対照的だった。どうやら彼女と坊さんは、先ほどから何らかの「ゲーム」をしていたらしい。

うしろの車両から車掌がやってきて、俺たちの間を通りすぎた。車掌はそのまま歩いていって、先ほど停まった駅から乗りこんできた婆《ばあ》さんと孫の二人連れと言葉を交わしている。いつの間にか車内はがらがらに空《す》いていた。乗客は俺たち三人を含めても六人しかいない。うしろの車両にも、たいした人数はいないようだ。天竜峡まであと三十分ぐらいか、と俺は思った。

女子高生が俺の方に身を乗りだして囁《ささや》いた。

「……お坊さんは超能力者なんですよ」

俺が驚いて坊さんを見ると、彼は苦笑して首を振った。

「いやいや、そんな大げさなものでは」

「だって人の心が読めるんでしょ？」

「しかしあなたのご期待には添えないようで」

坊さんはそう言って、女子高生に向かって微笑《ほほえ》んだ。

話してみると坊さんは見た目より若そうだった。

以前は京都で修行していたが、今は高遠《たかとお》にある貧乏寺の雇われ住職をしているという。女子高生とは伊那市からたまたま乗り合わせただけの間柄らしい。それにしても女子高生の「超能力者」という言葉が気にかかった。どうも胡散臭《うさんくさ》い男だ。豊橋で開かれる会合へ行くところだというが、こんな時刻に伊那市からわざわざ飯田線に乗って出向くのも不自然に思える。その点については俺も他人《ひと》のことは言えないのだが。

「以前、京都に住んでいたことがありますよ」

俺は探りを入れてみた。「どちらで修行されたんですか」

「まあ、あちらこちらにおりましてね」

はぐらかして平気な顔をしているのが手慣れた感じだった。純朴な女子高生に何か適当なことを吹聴していたら、思いがけず俺がからんできて、腹の内では迷惑がっているのかもしれない。

「勝負っていうのは何なの?」

「もし私の心が読めるなら、私が降りる駅を当ててくださいって言ったんです」

だから坊さんは先ほどまで、黙って時刻表と睨めっこしていたのだ。いくら口先では煙に巻くことができても、「具体的に答えろ」と言われたら困るだろう。

「面白そうな話だ」

「いやいや」

「本当に心が読めるんですか」

「厳密にいえば『読む』のではない、『見る』のですよ」

彼は「たとえば――」と呟いて、車窓を指さした。

中央アルプスの山なみは終わって、くすんだ色の家々や工場、病院やら学校といった、地方都市の風景が流れていく。

「このように車窓の景色を眺めるとき、自分の目に映る景色の一つ一つに言葉を投げかけてごらんなさい。常日頃はボンヤリと眺めているだけの景色を、ありったけの言葉を尽くして説明しようとしてみるんです。肝心なことは自分を追い詰めること。もはやなんの言葉も出てこなくなるまで、ひたすら風景のために言葉を尽くす。そんなことを続けていると、やがて頭の芯が疲れきって、ついにはなんの言葉も出てこなくなる。目の前を流れていく風景に言葉が追いつかない。そのとき、ふいに風景の側から、今まで気づきもしなかった何かがフッと心に飛びこんでくる。私が『見る』というのは、つまりそういうことなんですよ」

いよいよ胡散臭い話だと思った。

「我々は車窓を見ているようで見ていない。そう言いたいわけですか?」

「まあ、そうですな。しかし念のために言うなら、それはべつに間違ったことではない。人間として生きていくからには、多くのものに目をつぶらないといけない。言葉が我々の目をふさいでくれる。たとえばあなたが車窓に目をやれば何か見えている。しかし、あなたは気づかぬうちに『言葉』を見ているのです」

女子高生がクスクスと笑った。

「そんな感じ、私はちっともしないけど」

「そんな感じがしないから正気でいられるんですよ、お嬢さん」

俺はもどかしくなって言った。

「それと読心術と何の関係があるんです?」

「同じことなんですよ。我々は相手の顔を見ているようで見ていない。怒っているとか、泣いているとか、胡散臭いとか、紋切り型の言葉を与える。これは相手に自分が投げつけた言葉を見ているので、いうなれば独り相撲。しかし風景が無限の奥行きを持つなら、人間の顔も同じでしょう。言葉に頼らずに相手の顔を見ることができれば、見えぬものがおのずから見えてくるのです。だがこれは見たいものを見るということではない。お分かりですかな？」

滔々《とうとう》と語った坊さんは咳払《せきばら》いをして女子高生を見た。

「ですから、本来あてごとには不向きなのですよ」

「ちょいと言い訳臭いようなところもあるね」

「やむを得ない。『見る』というのはそういうことですから」

そのとき、坊さんが足下に置いていた平べったい風呂敷包みがパタンと倒れた。坊さんは「おやおや」と身をかがめ、ゆっくりした動作で包みを持ち上げると、向かい側の席に立てかけた。

ふいに女子高生が言った。

「お坊さん。この人はどんなふうに見える？」

坊さんは俺の顔を見て呟いた。

「京都にいらしたことがあると仰《おっしゃ》いましたね」

俺は「ええ」と頷《うなず》いた。どうせ何とでも解釈できるような、曖昧なことを言ってお茶を濁すつもりだろう。そう夕カをくくっていただけに、坊さんの具体的な言葉は俺を驚かせた。

「夜の家が見えます」

坊さんは呟きながら冷たい目を細めた。

「あなたの心を惹《ひ》きつける人物が暮らす家……訪ねるときはいつも夜だった。相手は恋人か、親しい友人でしょう。その家の記憶があなたの人生を今も暗くしている」

そうして坊さんは薄い笑みを浮かべた。

「いかがです？」

しばし俺は絶句した。まさかと思った。

「あんた、岸田のことを言っているのか？」

「……私は見えたものを言ったまで」

そう言って坊さんは平気な顔をしていた。

○

岸田道生は京都にアトリエをかまえる銅版画家だった。

出会ったとき、岸田も俺もまだ二十代だった。

岸田は海外留学から帰って数年経った頃で、柳画廊の主人からはその才能を見こまれていたものの、世間的には無名だった。あの連作「夜行」が世に送りだされるよりも前のことだ。

彼は鴨川沿いにある両親の遺《のこ》した一軒家を自分で改築してアトリエをかまえていたが、夷川《えびすがわ》通《どおり》の家具店でアルバイトもしていた。その店は親父《おやじ》の友人が経営している店だから、京都に暮らしていた頃には俺もよく出入りしていた。だから岸田の顔もよく見かけた。しかし俺は彼が銅版画家であることも知らなかった。あまり話しかけやすい雰囲気ではなかったのだ。

「あの頃は雌伏のときだったからね。少し鬱々としていた」

岸田は後になってそんなことを言った。

そのうち岸田はアルバイトを辞めてしまって、姿を見ることもなくなった。

次に岸田の顔を見たのは、鞍馬の火祭で長谷川さんの事件があった年の暮れ、夜の木屋町だった。俺の通っていたバーに、ふらりと岸田が姿を見せたのだ。「見覚えのある男だな」と気にしていたら、何かのきっかけで言葉を交わして、ようやく男があの岸田だということが分かった。

俺たちは酒を飲みながらぽつぽつと話をした。俺は長谷川さんの事件で気が滅入《めい》っていたし、岸田も話す相手が欲しかったらしい。彼が銅版画家であることを知ったのもその夜だった。

鞍馬の事件は新聞で読んだ、と彼は言った。

「あの夜には僕も鞍馬へ行ったんだ。あとで新聞で読んで驚いた。なんの手がかりもないのかい?」

「まだ何も分からない」

長谷川さんとは格別親しかったわけではない。英会話のクラスは別だったし、たまに中井に誘われた集まりで言葉を交わすぐらいの仲だった。しかし不思議な魅力があったと思う。

彼女と話していると、心を見通されているように感じることがあった。それでいて彼女は余計なことを一切言わなかった。どちらかといえば内気で、自分だけの「夜の世界」を胸に秘めているような人だ。そういうところを俺は好ましく思っていた。

俺はそんなことを岸田に話した。

岸田は「興味深い人だね」と言った。「そういう人は『神隠し』に遭いやすい感じがする」

「天狗《てんぐ》にさらわれたとでも言いたいのか？」

「場所が場所だからね。それに祭りの夜でもある」

「俺は信じないからな、そういうの」

「まあ、たとえばの話だよ」

それにしても皮肉なものだと俺は思った。

姿を消してからのほうが、長谷川さんは存在感を増したように思える。鞍馬の夜、松明《たいまつ》の火に照らされていた彼女の横顔が脳裏に浮かぶ。彼女はまだあの夜の中にいる、という気がしてならない。そんなことは俺の妄想にすぎないけれども。

ひとしきり鞍馬の事件について話をしたあと、俺は自分の劇団活動のことなんかを喋《しゃべ》った。俺は愛想が良い人間ではないが、岸田が相手だと気軽に喋ることができた。岸田にはどこか長谷川さんと似ているところがあった。彼女もまた人の話に熱心に耳を傾けて、自分のことはあまり語らない人だった。

「君は何をしているんだ」と俺は訊いた。

新しい連作を描いている、と岸田は言った。

「そのために昼夜逆転の生活だよ」

その「夜行」という連作の構想を抱いたのは、英国留学から戻った翌年だったらしい。まだ自分には力が足りないと考えて、すぐには着手しなかった。他の作品で腕を磨き、アルバイトで資金を貯《た》め、「夜行」に挑むべきときがくるのを待ってきた。そして三年の準備期間を経て、この冬から「夜行」の旅は始まった。その用意周到な仕事ぶりを聞いて、俺は尊敬の念を抱いた。

俺たちは意気投合して、夜明け近くまで飲み歩いた。

「またアトリエに訪ねてきてくれ」

そう言って岸田は夜明けから逃げるように帰っていった。その出会いがきっかけで俺は岸田の家へ通うようになったのだ。

岸田を訪ねるのはいつも夜だった。鴨川の土手下にある古い一軒家は、いつも窓から明かりが洩《も》れていた。俺のほかにも訪問客は多くて、眠れぬ夜を過ごす人々が岸田家の灯に誘われてきた。その集まりは「岸田サロン」と呼ばれていた。

岸田道生は人の話を聞くことを好んだ。聞き上手と言っていいだろう。彼と話をしていると、自分の深いところから言葉が引き出されてくる感じだった。家には岸田の作品が無造作に置かれていたから、それらの作品について語り合うことにもなったが、岸田は作品を見た人の意見を聞きたがった。そしてどんな意見であっても感心して聞いていた。岸田サロンを訪ねてくる人たちは、そんな岸田の人徳に惹かれていたのだと思う。

外に広がる夜の闇も岸田サロンの欠かせない要素だった。あの家で語り合っていると、ときどき真夜中の世界に宙づりにされるように感じられたものだ。その場に居合わせた人たちが、遠くの町で再会した懐かしい友人のように思える。もしも彼らと昼間に会ったとしても、そんな印象は抱かなかったろう。

劇団の内紛やら借金やら両親との不和やら、俺にとっては暗澹《あんたん》たる日々だったはずだが、岸田サロンのことを想《おも》うと、当時の世界が不思議な奥行きをもって見える。居間に漂う珈琲《コーヒー》の香り、作品を前に交わされる言葉、鴨川沿いの真夜中の散歩……それは学生時代も遠くなった日々に、まるで飛び地のように現れた青春だった。すべて岸田のおかげだった。

しかし、それもすでに昔の話だった。俺が飯田線に乗ったとき、岸田道生が死んでからすでに五年が経っていたのだ。

○

読心術なんて本当に存在するのだろうか。

子どもの頃、サトリという山の妖怪の話を読んだことがある。ある木樵《きこり》が山小屋で夜を過ごしていると、サトリが訪ねてくる。「困ったことになった」と木樵が思うと、相手は「『困ったことになった』と思っているな」と言う。そのあと木樵が何を考えても、相手は即座に言い当てるという話だったと思う。

子どもの頃にはゾッとしたが、よく考えてみると不思議なことはない。怯《おび》える人間の考えるようなことはだいたい見当がつくだろうし、山小屋で暮らす純朴な木樵が相手なら尚更《なおさら》のことだ。勘の鋭い人間ならばハッタリめいたことを言うのは簡単だろう。

しかし坊さんの言ったことはハッタリではなかった。

女子高生は「当たったんですか?」と言って俺の顔を覗きこんできた。俺が小さく頷いてみせると、彼女は感心したような顔で窓際の坊さんを振り返った。

「すごい。やっぱり本当なのね」

「その人が認めるならそうなんでしょう」

「私、ちょっと疑ってました。すいません」

「しかしお嬢さんの顔から何も見えないのは本当ですよ」

坊さんは厭《いや》らしい薄笑いを浮かべた。

「……不思議だな。どうしてだろう」

「それはきっと、私がボーッとしているからじゃないですか。すごくボーッとしてるんです。ときどき友達にも叱られるぐらいだから。なんだか夢見てるみたいだって」

そして女子高生は「ちょっとごめんなさい」と立ち上がった。そのまま通路を歩いて後ろの車両へ行った。トイレへ行くのだろう。

坊さんは振り返って、隣の車両へ移る彼女の後ろ姿を見送っていた。その顔には、また一瞬、何か不安そうな表情が浮かんだ。俺にだってそれぐらいの「読心術」はできる。やがて坊さんは元へ向き直りながら、俺に向かって思わせぶりな目配せをした。

「不思議な子だと思わないか」

「あの子が？」

「どうも気になる。乗り合わせてからずっと気になっている」

「得意の読心術が通じないからか？」

俺が言うと、坊さんは鼻を鳴らした。

「あなた、信じてないね」

「信じない。説明がつかないというだけでね」

「世の中は得体の知れない連中ばかりさ。疑《うたぐ》り深いのは良いことだ」と坊さんはニヤリと笑った。「それはそれとして、あの子もまた得体の知れない連中のひとりだな」

「俺には普通の女子高生に見えるけどな」

「本当にそう思うかね」

たしかに田舎の女子高生にしては、ずいぶん度胸が良いという感じがする。坊さんと俺のような、行きずりの、悪く言えば胡散臭い中年男二人を相手に、平気な顔をしてやりあっている。

「純朴」というのとは少し違うようでもある。

坊さんは考えこむような口調で言った。

「あの子にどこかで会ったような気がする」

「地元なら当然だろう」

「俺は地元の人間じゃない」

「高遠の寺の住職だと言ったじゃないか」

「俺は偽坊主だよ」

薄々勘づいていたことでもハッキリ言われるとやはり驚いた。しかし相手は俺にそんな告白をしたことなど何とも思っていないらしい。車窓に目をやって呟いた。「伊那市からもう二時間近く経つ。あの子はどこまで乗るつもりだろう」

「さあね。本人に聞けばいい」

俺は不愉快になって目をそらし、左手の車窓に目をやった。

そのとき列車は高台を走っていて、眼下には藍色の夕闇に沈む地方の町が広がっていた。ぽつぽつと点《とも》り始めた町の灯の向こうに鈍く光る天竜川が見え隠れしていた。天竜峡駅まではあと少しだった。川下りや温泉で知られた観光地を通りすぎれば、飯田線の中でも最も険しい秘境めいた区間に入る。めったに人が降りることもない無人駅がいくつも続く区間だ。あと一時間もしないうちに俺たちは夜に追いつかれるだろう。

トイレに立った女子高生はなかなか戻ってこない。

やがて車窓に天竜川の河川敷が広がった。

ぼんやりと眺めていたら、川の対岸に一本の桜の木が見えた。満開の花弁そのものが光を放っているかのように夕闇にボウッと浮かんで見える。そのときスッと目が吸い寄せられた。車窓を流れていく他の景色とはちがって、その満開の桜は同じ場所にぴたりととどまっているように感じられる。俺は溜息《ためいき》をついた。

背後で坊さんが歌うように言った。

「春風の花を散らすと見る夢は――」

聞き覚えのある歌だった。

俺が振り返ると、坊さんは雪駄《せった》を脱ぎ捨てて座席にあぐらをかき、だらしなく車窓にもたれている。坊主らしさを演じるのも飽きたらしい。手元にはウイスキーの小瓶が見えた。

「京都にいたのはずいぶん前になる」

ふいに坊さんが言った。

「当時俺は不眠症にかかっていたが、そのときに親切にしてくれた男がいるよ。岸田道生というへんなやつでね」

そして彼は小馬鹿にするような笑みを浮かべた。

「俺もサロンにいたんだよ。あんた、まだ思い出さないのか」

○

岸田サロンにはさまざまな人間が出入りしていた。

事前の約束がなくても何の問題もない。決められた面会日もない。ときどき岸田は「夜の冒険」と称する散歩に出かけたものの、自宅に鍵をかけることがなかった。訪問者は珈琲でも飲みながら、岸田が夜の冒険から帰るのを待てばよかった。不用心な話だが、私の知るかぎり間違いの起こったことは一度もない。

岸田がいないときに他の訪問者と出くわすと、最初のうちは気まずかったが、誰とでもすぐに顔馴染《かおなじ》みになってしまう。芸大の学生、一乗寺にある古道具屋の女主人、ヨーロッパから来たという研究者もいた。四条の柳画廊の主人とは年齢も近くて気が合った。彼の住まいは相国寺の裏手にあって、俺のアパートにも近かった。夜明けまで話をしたあと、よく連れだって歩いて帰ったものだ。

しかし岸田サロンに通う人たちの中で、どうしても好きになれない男がひとりいた。佐伯《さえき》という男だった。

「俺は降霊術師なんですよ」

初めてアトリエで顔を合わせたとき、佐伯はへらへらと笑いながら言った。その顔合わせの瞬間から気にくわない感じだった。佐伯は派手な開襟シャツを着て、髪と無精髭《ぶしょうひげ》を伸ばしていた。たまに口にする仕事の話といえば詐欺師まがいの生臭い話ばかりだ。画廊の柳さんが語ったところによると佐伯は飛騨に本拠地のある新興宗教団体の手先らしく、ある独立系寺院の乗っ取り騒動に絡んでいるという。

「用心したほうがいいですよ」と柳さんは言っていた。

何度か顔を合わせたあと、佐伯に面と向かって言われたことがある。「あんた、俺のことが嫌いだろ」

俺は「ああ、苦手だよ」と言った。

彼はへらへらと笑った。

「正直な人は好きだよ。俺も正直だから」

飯田線で乗り合わせた偽坊主は、その佐伯だったのだ。

種明かしをされてしまえば子どもだましみたいなものだ。彼は俺の心を読んだりしたわけではない。たんに俺の京都時代を知っていたというだけの話だ。しかし俺が佐伯に気づかなかったのもしょうがないことだと思う。京都をはなれてから彼のことなんて思い出すこともなかったし、頭を剃って僧衣をまとえば誰だって別人のように見える。たしかにそうと分かって見てみれば、目の前の坊さんには、あのへらへらと笑う佐伯の面影がある。

当時、佐伯が不眠症に悩んでいたとは知らなかった。佐伯はいつも陽気だった。それは他人を苛立《いらだ》たせるたぐいの空々しい陽気さだった。ぺらぺらとよく喋った。さすが降霊術師を騙《かた》るだけあって、宗教や故事来歴については生半可ながら知識があるようだった。岸田が興味を持っていたので、佐伯が顔を出したときは、仏教の歴史や悟りの話になることが多かった。

佐伯が「魔境」の話をしたときのことを思い出す。

ある大学生が「我々には世界の実相は決して見えない」という話をしていた。我々の目をふさいでいるさまざまな覆いを取り外して、真実の世界を垣間見《かいまみ》せるのが芸術家の役割だ――そんな話だった。しかし佐伯は「そんなのは魔境さ」と嗤《わら》った。

魔境とは修行僧が体験する偽りの悟りのことだ。

今昔物語に「伊吹山の三修禅師、天狗の迎えを得る話」という物語がある、と佐伯は語りだした。

かつて伊吹山に三修禅師という聖《ひじり》があった。ひたすら念仏を唱えて極楽往生を願っていた。ある日、空から「極楽浄土に導きつかわす」という声が聞こえてきた。ありがたやと喜んで念仏を唱えて待っていると、西の空から光り輝く観音菩薩《かんのんぼさつ》があらわれ、禅師の手を取って空にいざなった。かくして彼は極楽へ旅立ったのであるが、その七日後、大杉のてっぺんに縛りつけられて念仏を唱えているのが見つかった。弟子たちが助け下ろそうとしても、「どうして私の往生を邪魔するのか」と喚《わめ》く。どうやら天狗に誑《たぶら》かされたらしい。連れ帰って手当をしたが正気に戻らず、三日後には息を引き取ってしまったという。

「俺に言わせれば芸術家なんてのはみんなそのたぐいさ」

そう言って佐伯は笑っていた。

佐伯は岸田の仕事の価値を認めていなかったし、俺の仕事については尚更だった。自分は何ものにも誑かされていないというのが自慢なのだ。俺はどうして岸田がそんな男と親しくするのか分からなくて、何度か本気で苦言を呈した。

しかし岸田は穏やかに笑っているばかりだった。

「人間っていうのは色々だからね」と彼は言った。「それに佐伯君の言うことには、いつも一理あるよ」

○

佐伯はウイスキーの小瓶を俺に向かって差しだした。

「こんなところで乗り合わせるなんて、妙な偶然だ。亡き岸田のお導きかな」

「もう会うこともないと思ってたよ」

「会いたくないと思ってたんだろう」

「あんたのことなんて思い出すこともなかったよ」

俺は安物のウイスキーを飲みくだした。

たしかに岸田の導きかもしれないと思った。

霊魂を信じるわけではないし、それは佐伯も同じだろう。しかし彼がわざわざ俺のあとをつけて飯田線に乗りこむ合理的理由は一つもない。偶然だといっても、亡き友の導きだといっても、それはたんなる表現のちがいにすぎない。

俺はウイスキーの小瓶を返した。そのとき佐伯の向かい側の座席に立てかけてある風呂敷包みが目に入った。

唐突に「あれは岸田の作品ではないか」と思った。

○

岸田が亡くなった春のことだからよく覚えている。

俺は深夜をまわってから岸田の家を訪ねていった。

アトリエにも居間にも煌々《こうこう》と明かりがともって、玄関先まで珈琲の香りが漂っているのに、家の中は森閑としていた。まるで乗客乗員が消えた幽霊船のような雰囲気だった。

岸田は夜の散歩に出たのだろう。

俺は居間のソファに腰かけ、冷めた珈琲を飲みながら庭を眺めた。ろくに手入れがされていないので、庭木はジャングルのように葉を茂らせていた。少しうつらうつらしたあとで、ふいに俺はハッとして身を起こした。何か物音がしたような気がしたのだ。

物音は奥の小部屋から聞こえてきたようだ。

その小部屋は庭に面した廊下の奥にある物置のような四畳半ほどの広さの部屋で、岸田は「暗室」と呼んでいた。その名の通り、窓を塗りこめて光が入らないようにしてある。ときどき彼が暗室に籠もって想を練るということは知っていた。ひょっとして岸田は暗室にいるのだろうか。しかしそれは妙だった。彼が暗室に籠もるのは、いつも訪問客が引き上げたあとだったからだ。

暗室の前まで行ってみるとわずかにドアが開いていた。居間の明かりも届かないので、ドアの隙間から見えるのは闇だけだった。耳を澄ましてみたが何の物音もしない。

「岸田、そこにいるのか?」

念のために声をかけてみたが答えはない。

俺は居間に戻ってもう一度ソファに腰かけた。なんとなく落ち着かなかった。あの暗室に得体の知れない人物が座りこんでいるような気がして、ついつい耳を澄ましてしまう。それきり何の物音もしなかった。どうしてこんなに気味が悪いのだろう。居間の柱時計が二時を打ち始めたときは心臓が止まるかと思った。ひとりで家にいるのが耐えがたくなって、俺は鴨川へ出ることにした。おそらく岸田は川べりを散歩しているのだろうと思ったのだ。

住宅地を抜けて石段をのぼると、すぐに車道を挟んで鴨川の土手が延びている。丑《うし》三つ時ということもあって通りかかる車も少ない。暗い鴨川の対岸には夜の住宅地が広がり、その彼方には黒々とした東山の山並みが続いていた。

俺は北に向かって鴨川の土手を歩いていった。

どこまでも同じ夜が続いている——という感じがした。

今こうして自分が夜をさまよっているとき、どんなに遠い街も同じ夜の闇に包まれて、一億人を越える人々がそれぞれの夢を結んでいる。そんなあたりまえのことが荘厳なことに感じられた。岸田サロンに通っていた頃ほど夜を夜と感じる日々はなかった。それは岸田が教えてくれた夜の世界の広大さだった。

鴨川の土手に咲き誇る満開の桜があり、その下に二人の男が座っていた。ひとりは岸田、もうひとりは佐伯だった。

彼らの姿を見たとたん、先ほど岸田の家で感じた不気味な気配も、広大な夜の感覚も消えてしまった。代わって俺の心を占めたのは嫉妬だった。どうして君は佐伯なんかと夜の散歩に出かけるのだと俺は言いたかった。そんなやつに何が分かるか。君の孤独を理解しているのは俺だけではないか――。我ながら意外に思うほど強い嫉妬だった。腹立たしいのは俺の嫉妬を佐伯が見通しているということだ。近づいていく俺を見て佐伯はニヤニヤと笑っていた。岸田がこちらを見て、「やあ」と細い腕を挙げた。

「いつの間にか夜桜が満開になっていたよ」

俺は彼の隣に腰を下ろして言った。

「家で待ってたけど、ぜんぜん帰ってこないものだから」

「悪かったね。つい桜に見惚《みと》れてしまって」

「きれいじゃないか、田辺君」と佐伯が言った。「俺の黒い腹も洗われるよ」

冷たい春の夜風に吹かれて白い花弁が降ってきた。

輝くような梢《こずえ》を見上げて岸田が言った。

「春風の花を散らすと見る夢は――」

「そりゃ、なんだ」

佐伯は言ったが、岸田はそのまま続けた。

「さめても胸の騒ぐなりけり」

これは西行《さいぎょう》法師の歌なんだ、と語る岸田の顔は夜桜と同じように青白かった。憔悴《しょうすい》していたのだろう。その冬から春にかけて岸田は異様な気迫で仕事に打ちこんでいたからだ。

「分かるかい」と岸田は言った。「これが『夜行』だよ」

○

女子高生が戻ってきたのは天竜峡駅に着いたときだった。

そのとき俺は左手の窓に顔を押しつけるようにして、川の対岸のホテルの明かりを眺めていた。群青色の空にはわずかな光が残るばかりで、暗い風景に俺や佐伯の顔が二重写しになっていた。

「もうすぐ夜に追いつかれるな」

そう思ったとき、車窓の風景にひとりの女性の顔が映った。夜桜のように青ざめた美しい女性だ。どこかで見たような顔だった。思わず見惚れていると彼女が笑いかけてきた。ハッとして振り向いたら、先ほどの女子高生が立っていた。

「ただいま帰ってきました」

彼女は明るく言って俺の向かいにちょこんと腰をおろした。俺はあっけにとられて彼女の顔を見た。どこか相貌が変わっているような気がした。彼女は佐伯に向かって笑いかけた。

「お坊さん、くつろいでますね」

「やあ、お嬢さん。黙って降りたのかと思っていたよ」

「そんなことしないですよ」

「どこまで乗るのかね」

「……どこまでも」

彼女はそう言って、ふふふと笑った。

やがて列車は天竜峡駅を出発して山へ入っていった。

右手に広がる谷の底を天竜川が黒々と流れ、その対岸には白い砂利の浜がある。空と山の境目は曖昧だった。トンネルを出たり入ったりするたびに夜が深まっていくようだ。やがて無人駅に停まると、もう二度と走りだすことはないかのような静けさがあたりを包んだ。同じ車両に乗って先を目指すのは我々三人だけで、伊那市を出たときの混雑が遠い昔のように感じられた。

ウイスキーを酌み交わす佐伯と俺を見て、「仲良しになったんですか」と女子高生が言った。

「そういうわけではないよ」

俺は自分たちが知り合うきっかけになった岸田サロンについて語った。だからこいつの読心術はデタラメなんだよと言うと、佐伯は「おいおいアンタ」と苦笑した。けれども彼女は、佐伯の詐欺的行為には何のこだわりも持っていないようだった。むしろ京都時代の知り合いの俺たち二人が、こんなローカル線の同じ車両に乗り合わせた偶然に興味をそそられたらしい。

「そんな偶然ってあるんですね」

「嬉《うれ》しい偶然ではないよ」と俺は言った。

彼女は少し考えこんでから言った。

「その岸田という人は画家さんだったんですよね」

「そうだよ」と俺は頷いた。

すると彼女は佐伯の風呂敷を指さした。

「それ、岸田さんっていう人の絵なんじゃないですか?」

砂地に水が染みこむように佐伯の薄笑いが消えた。ジロリと睨む目つきは不気味なものだったが、女子高生はいっこうに動じなかった。鈍感なのか肝が据わっているのか分からない。

「ね、そうじゃないですか?」

佐伯は作ったような笑いを浮かべて禿頭《とくとう》を撫《な》でた。

「あんたも読心術ができるらしい」

「なんとなくそう思っただけですけど」

「たしかに仰る通り、これは岸田の絵だよ。亡くなる前に俺にくれたんだ。俺には芸術の価値は分からないが、あの男の生き方に敬意は払うからね。だから今も大事に持ってる」

「友情ってやつですね」

「それはどうかな。そんなに良いものかな」

どうして佐伯が岸田の絵を持っているのだろう。

俺は岸田の作品を買ったことがなかった。もちろん金がなかったのも確かだが、もし俺が買おうとすれば岸田が贈ってくれることが分かっていたからだ。岸田が身を削るようにして作りだした世界であることを知っていたからこそ、迂闊《うかつ》に「買いたい」とは言えなかった。そういう禁欲的な姿勢が自分の岸田に対する誠意だと思っていた。それだけに、あれほど岸田の芸術を小馬鹿にしていた佐伯がその作品を持っていることに憤りをおぼえた。

佐伯は風呂敷包みを手にとって膝に乗せた。

「見たいかね」

中から現れたのは、岸田の銅版画にちがいなかった。

暗い谷間の底を黒々とした川が流れている。どこからともなく射す光が川の水面《みなも》を不気味に光らせている。目を引くのはその川の対岸、黒々と天を衝《つ》く山の裾に広がる白い砂利の浜と、輝くように満開の花を咲かせている夜桜だった。その桜の下にひとりの顔のない女性が立ち、こちらに呼びかけるように右手を挙げている。

春風の花を散らすと見る夢は――。

「これは『夜行』という連作の一つで『天竜峡』という」

「不思議な絵ですね。夢の風景みたい」

「岸田が描いたのはこんなシロモノばかりさ」

佐伯は薄笑いを浮かべながら言った。

「あいつは狂っていたんだよ」

「お坊さんがここまで来たのは、この絵が理由なの？」

「それもあるな。この絵のような風景が本当にあるのか気になってね」

佐伯は素直に言った。それは本心らしかった。

女子高生は銅版画に顔を近づけて熱心に見ている。

「ここに女の人がいる。これは誰？」

「妄想の女だよ」

「妄想の女？」

「岸田は妄想の女に出会うために絵を描いてたのさ」

「知りもしないくせに適当なことを言うな」と俺は言った。「岸田が描いていたのは、そんな薄っぺらいもんじゃない」

「あんた、何も知らないんだな」

佐伯によれば、絵の中の女を出現させる物語を岸田は繰り返し語ったという。留学先の師匠が持っていた古い銅版画と、その絵にまつわるゴーストストーリーから興味が始まったらしい。しかしそんな話を俺は岸田から一度も聞いたことがない。佐伯はいいかげんな話で岸田を貶《おと》しめようとしている、と俺は思った。

佐伯は嘲笑するように言った。

「あいつは絵の中の女にとり殺されたのさ。あいつも本望だったろう。願い通りのことが起こったんだから」

真っ暗な車窓に我々の姿が映っていた。そのとき女子高生の顔が気にかかった。彼女は窓の向こうから俺に微笑みかけていた。その顔は別人のように大人びて見えた。

○

たしかに「夜行」には謎めいた「女」が描かれている。

しかし岸田は自分の作品について説明することを好まなかった。「この女性は誰なのか」と質問しても答えることはなかった。

「暗室で見つけたんだよ」

それぐらいのことは言ったかもしれない。

岸田は日が暮れてから起きて仕事を始めた。ある程度仕事が進んだ頃には深夜になっていて、それから夜の散歩に出たり、岸田サロンの訪問者たちと語らう。しかし訪問者たちは夜明け前に帰らねばならなかった。訪問者たちが帰ったあとで、岸田は暗室に入って想を練るからだ。

岸田が「夜行」のアイデアを摑むのは、つねにあの「暗室」の中だった。そこには一人がけのソファとサイドテーブルがあり、机上には小さなスケッチブックと鉛筆が転がっていた。彼は暗闇の中に座って待ち、フッと闇の奥をよぎるイメージを手早くスケッチブックに描いた。それらのスケッチが選別され、組み合わされ、やがて作品になっていく。ときには暗室に籠もっていても何も見えてこないこともあった。それでも一定の時間が過ぎると彼は暗室を出て二階の寝室で日を見ることなく眠りに就いた。彼はその特異な制作スタイルを修行僧のような態度で守ろうとした。

　俺は心配して何度か忠告した。

「だんだん顔色が悪くなっていくぞ」

「そうかな。体調はすこぶる良いけど」

「そろそろ休んだほうがいい」

「そうだね。ひと区切りつけば――」

　その区切りは彼の死によってもたらされることになった。

　彼の死で中断されるまでに制作された「夜行」は四十八作を数える。尾道や奥飛驒や津軽など、一つ一つの作品に地名がついているが、岸田は現地に旅をして描いたのではない。それらの旅先の地について彼にインスピレーションを与えたのは、岸田サロンを訪れてくる夜の訪問客たちだった。

　あの岸田サロンの夜の風景を懐かしく思い出す。板敷きの居間にはいつも温かい光が充《み》ち、珈琲の香りが漂っていた。岸田が料理を作って訪問者たちに振る舞うこともあった。岸田の絵を見ながら語り合っているうちに、誰もが旅の思い出を語り始める。佐伯も語ったし、俺も語ったことがある。それらの旅先は伊勢であったり、砺波《となみ》であったり、長崎であったりした。岸田は熱心に訪問客の話を聞いていた。訪問客の語る物語と、暗室の瞑想《めいそう》とが結びついたとき、新作の「夜行」が生まれる。

　一度だけ、あの暗室に岸田と一緒に入ったことがある。

ドアを閉めてしまうと、自分の掌《てのひら》さえ見えない真の闇だった。それは不思議な感覚だった。清水寺の胎内めぐりを思いだした。そばにいる岸田の息づかいさえ感じなかった。

「岸田、本当にそこにいるのか?」

「さあね。僕らはどこにいると思う?」

岸田の声が遠くから聞こえて、自分を包む闇がふいに広大なものに感じられた。

「この闇はどこへでも通じているんだよ」と岸田は言った。

○

佐伯はあぐらをかいて、向かいの席に立てかけた銅版画を眺めながら言った。

「まったく、たいした変人だった。あいつは」

「それはみとめる」と俺は言った。

「魔境にとらわれていたんだ。何を言っても無駄だったね」

彼は懐かしむように呟いてウイスキーを飲んだ。その声には素直な響きがあった。佐伯は佐伯なりに、あの岸田サロンに出入りしていた日々を懐かしんでいるのだろう。

「あんた、『曙光』という絵を見たことはないか?」

ふいに佐伯が言った。

俺は驚いて顔を上げた。

「あの連作か？」

「見たことあるのか？」

「いや、見たことはない」

岸田がその作品について話すのを聞いたことはあった。「曙光」は「夜行」と対をなす連作らしかった。「夜行」が永遠の夜を描いた作品であるとすれば、「曙光」はただ一度きりの朝を描いた作品だ——岸田はそんなことを語った。しかし画廊主の柳さんでさえ見せてもらったことはないという。おそらくそれは岸田の想像の中にあるだけだった、と俺は考えていた。

「あんたは見たことあるのか」

「見たことはない」と佐伯は言った。「ホッとしたろう？」

俺は苦笑した。たしかに佐伯の言う通りだった。

ふいに佐伯は銅版画を見つめながら呟いた。

「岸田は『曙光』を描くべきだったと思わないか。こんな絵にとらわれてはいけなかったんだよ」

その言葉には感情が籠もっていた。

女子高生が立ち上がって佐伯のかたわらに腰かけた。彼女は銅版画を覗きこんで、描かれている顔のない女を指した。

「岸田さんはこの人に恋をしていたのね」

「……そんなのが恋といえるか、お嬢さん」

「たとえ絵の中の相手でも恋は恋でしょ」

「やさしいことを言うね」

佐伯は女子高生の顔を見て笑った。

「しかし俺はこの絵を眺めていると恐ろしくなる。こいつが岸田を連れていったのかと思うとね。どうして『夜行』というタイトルなのか分かるかい。百鬼夜行の夜行だよ。岸田の描いた女はみんな鬼なのさ。だから顔がない。こいつらは岸田の魔境で生まれた怪物で、最後には絵から抜けだして岸田を喰《く》っちまったんだ。あいつには本望だったんだろうがね」

佐伯は語り終えると、車窓の外へ目をやった。

俺たちは列車の連結部がきしむ音に耳を澄ました。

列車は闇の中を走っていく。森の木立が途切れてきて、川沿いに造られた変電所を通りすぎると、ぽつぽつと家の明かりが車窓に映り始めた。列車は山間の町の駅に着いた。

「どんなところにも人は暮らしてるな」と佐伯が言った。

伊那市からこの列車に乗りこんだのが、まるで何日も前のような気がした。佐伯との思いがけない再会で京都時代に思いを馳《は》せたためでもあるし、列車が進むにつれて車窓の景色が一変したためでもある。ふたたび列車が走りだすと、山間の町の灯も夜の闇に飲みこまれて消えてしまった。

走りだして間もなく、暗い山裾に船宿のような木造の家屋がならんでいるのが見えた。天竜川の岸へ出られるようになっていて、桟橋についた電灯が川面に浮かぶボートを照らしている。

ふいに女子高生が佐伯に問いかけた。

「岸田さんはどんなふうに死んだの」

「ひとりぼっちで死んだよ」と佐伯が言った。「夜中に心臓が止まったんだ。無理がたたったんだろうな」

「かわいそうに思った？」

「どうだろう。死ねば終わりだ。それだけのことさ」

そのとき彼女は佐伯の顔を横から覗きこむようにした。

「なんだい」と彼は戸惑ったように言った。

「……だからその絵を自分のものにしちゃったの？」

彼女の言葉を聞いて、佐伯の顔が青ざめた。

「何を言ってるんだい、お嬢さん」

「岸田さんはまるで眠っているように見えたでしょう」

「……おい、待て」と佐伯は言った。

かまわずに女子高生は語り続ける。

「あなたは手を伸ばしてあの人の頬を撫でた。とても優しい手つきだった。まるで恋人みたいだった」

佐伯は茫然《ぼうぜん》として呟いた。

「……どうして知ってる？」

「俺は何度も忠告したんだ」と佐伯は言った。

死の前年の秋頃から、岸田は異様な気迫で仕事に打ちこむようになった。死期を悟って急いでいたようでもあり、そのような仕事ぶりがいっそう死期を早めたとも考えられる。

佐伯は岸田の身体を心配していた。岸田は「夜行」という暗室に閉じこめられている、と佐伯は思った。なにが芸術だろう。岸田サロンに出入りしている人間たちは無責任な取り巻きだ。岸田が破滅していくのを見ているだけではないか。

「しばらく絵のことは忘れて旅に出ないか。お膳立てしてやるから。『夜行』で描いた土地をまわってみようや」

佐伯はそう言って何度も岸田を誘った。

岸田も乗り気であるように見えた。

「いいね。五十作まで描いたら冒険の旅に出るかな」

そんなことを言っていた。

しかしあの春の夜、佐伯は岸田家を訪ねて、ソファにもたれて首を垂れている岸田を見つけた。佐伯は手を伸ばして岸田の頬を撫でた。まるで眠っているようだったが、岸田の身体は冷えきっていた。もはや手の施しようがないとすぐに分かった。

○

「何もかも終わったと思ったね」

佐伯は座席から身を起こし、銅版画を手に取った。

「その夜のうちに京都を出ようと思った。岸田をそのままにしておくのは可哀相《かわいそう》だが、どうせ死んじまえば何も分からない。不審死だとか何とかで痛くもない腹を探られるのはごめんだし、俺がどうこうしなくたって、あんたら取り巻き連がすぐに見つけるんだから。そのまま逃げようと思ったんだが、急にこの絵が気になった。岸田がテーブルに置いていたんだよ。あいつの芸術なんて興味がなかったけど、どういうわけか、この絵だけは自分のものにしたいと強く思った。あいつの形見が欲しかったんだろう」

「それで勝手に持ちだしたのか?」

私が言うと、佐伯は手元の銅版画を見つめて顔をしかめた。何かを思い出そうとしているらしい。

「それから……それから俺はどうしたんだったかな」

居間の柱時計の鳴る音が聞こえた。佐伯はテーブルに置かれた銅版画を手にとったまま、怯えた動物のように耳を澄ました。柱時計の音が止《や》むと、あたりはいっそう静かになったように感じられた。今にも誰かが岸田サロンを訪ねてくるかもしれない。

「姿を見られたら面倒なことになる」

それは分かっているのだが身体が動かない。

居間から見える庭は濃い闇に浸って、ソファでうなだれている岸田と、銅版画を抱えている自分の姿が硝子《ガラス》に映っていた。岸田も自分も幽霊のように見えた。どうしてこんなに静かなのだろう。まるで永遠の夜のようではないか。

そのとき廊下の奥で物音が聞こえた。

そちらには窓を塗りこめた例の「暗室」しかないことは知っていた。「岸田だろうか」という思いが何気なく浮かんで、慌ててそんな考えを振り払った。何を間抜けなことを考えているのか。岸田は目の前で死んでいるではないか。

しかし息をひそめて耳を澄ましていると、たしかに奥の暗室で人の動く気配がする。もし俺の姿を見た人間が隠れているなら、あとで面倒なことになる。今すぐ確かめておかなければ。

そして佐伯は暗い廊下を抜けて暗室へ向かった。

「それから——」

佐伯はそう呟いて絶句した。

「それから?」

俺が促しても、彼は何も言わない。

そのとき列車が山間の無人駅に着いた。

佐伯が鞄を摑んで立ち上がり、女子高生を押しのけるようにして通路を歩きだした。どうやら下車するつもりらしい。

それはあまりにも唐突だった。

「おい、待て。こんなところで降りるのか?」

俺は立ち上がって叫んだ。

佐伯は強《こわ》ばった顔で振り返った。

「岸田を殺したのはその女だ——」

それはまるで悲鳴のような声だった。

佐伯は転げるように無人駅へ降りた。やがて列車が動きだし、死人のような彼の顔が夜の闇へと消えていった。

○

俺は女子高生の向かいに腰を下ろした。

彼女は微笑んでいる。

「お坊さん、降りちゃいましたね」

「あんなところで降りてどうするつもりだろう」

「かわいそうね」

俺は車内灯に照らされる彼女の顔を見つめた。

見れば見るほど惹きつけられていくようだ。ただの女子高生でないことは分かっている。得体の知れない女。それなのに彼女を怖いとは思わない。それどころか懐かしく甘い感情が湧いてくる。

彼女は暗い車窓に目をやって、闇の奥を見つめていた。

「夜の夢の中で色々な場所へ行った……」

「どんなところへ？」

「どこへでも行けるの。夜はどこにでも通じているから」

俺は彼女につられるようにして車窓を見た。

森の木立が途切れて天竜川の黒々とした流れが見えた。盛り上がる黒い森を背にして白い砂浜が延びている。

そこに俺が見たものは、みっしりと花弁をつけた満開の桜だった。その花弁の一つ一つが夜の底で冷光を放つ。その桜の木の下にひとりの女性が立っていて、俺に呼びかけるように手を挙げる。それは岸田の銅版画に描かれている風景そのものだった。

「夜はどこにでも通じているの」

女子高生が囁くように言った。

「春風の花を散らすと見る夢は――」

俺は窓から目をはなし、向かいの席の彼女を見た。

彼女の黒い髪には桜の花弁がついていた。その青白い顔を透かして岸田の面影が浮かんでくる。俺は手を伸ばして、その花弁を取ろうとした。そのときようやく腑《ふ》に落ちた。この女の子は岸田が魔境を旅して出会った鬼なのだ。

あの暗室の中で岸田が語ってくれたことを思い出す。

もしも芸術家というものが隠された真実の世界を描く役目を果たしているなら、こんなに筋の通った話はない。けれども僕はそんな理性的で美しい説明を信じない。真実の世界なんていうものはどこにもない。世界とはとらえようもなく無限に広がり続ける魔境の総体だと思う。きっと田辺君なら分かってくれるだろう。僕の描く夜の風景が魔境なら、胸を騒がせる西行の桜も魔境なんだ。僕らは広大な魔境の夜に取り巻かれている。

「世界はつねに夜なんだよ」と岸田は言った。

○

あの春の夜、俺は岸田の家を訪ねていった。

御霊神社のそばにあったアパートを出て、夜の更けた住宅地を歩いた。夜気は冷たく、夜の闇は濃かった。

俺のアパートから岸田の家までの道のりは入り組んでいて、瀟洒《しょうしゃ》な住宅がならんでいるかと思えば、廃屋めいた建物があったり、小さな家庭菜園が現れたりする。細い道を辿《たど》りながらふと足を止めると、外灯に照らされた夜桜が散り始めていた。

そのとき俺は京都を去ろうと考えていた。

さまざまなトラブルが重なった挙げ句、前年の秋に所属する劇団は活動を停止していた。このまま京都で踏ん張っていてもしょうがないと思うようになった。豊橋の両親から「戻ってこい」と連絡がきた。いったん見切りをつけて仕切り直す潮時かもしれない。俺が京都にいる理由は今となっては岸田だけだった。

岸田の家はいつも通り、夜の底で燦然《さんぜん》と輝いていた。

しかし何の物音もしなかった。

俺は居間に入って岸田を見つけた。声をかけてみたが答えはなく、肩を揺すっても無駄だった。彼はすでに死んでいた。目の前のテーブルには冷めた珈琲が置かれているだけだった。俺は思いのほか落ち着いていた。電話をかけて救急車を呼んだ。

それから俺は岸田のかたわらに腰掛けた。岸田はまるで眠っているようで、その頬には微笑さえ浮かんでいた。その顔を見るうちに、岸田サロンに通った歳月が甦ってきた。

「そうか、君は旅に出たんだな」

俺は胸の内で岸田に語りかけた。俺は芸術的な素養もなくて、君の作品を愛する資格はないかもしれない。しかし俺はつねに君を尊敬してきた。たとえ長い夜の果てに辿り着くのが魔境であるとしても。これから俺が京都を去って、この先にどんな出来事があるとしても、君と過ごした夜のような日々はもう二度とないだろう。

そのとき廊下の奥の暗室で物音がしたようだった。

俺は立ち上がって廊下を辿り暗室へ行ったはずだが、そこから先の記憶が曖昧だ。救急車が来たはずなのに、そのやりとりも記憶にない。はっきりと覚えているのは、暗室のドアを開けて濃密な闇の中へ入っていった瞬間のことだ。暗い中に小さくてやわらかいものが降ってきた。

桜の花弁らしかった。

ふいに自分を包んでいる闇が広大なものに感じられた。

「世界はつねに夜なのよ」と囁く声がした。

○

列車は闇の中を走り続けている。

俺は桜の花弁を掌にのせて眺めた。

あの夜から俺はずっと暗室の中にいたのだと思った。

岸田を失ってからというもの、自分がいるべきでない場所にいると感じてきた。目に映るものが自分の心に届かなかった。その理由がようやく分かった気がした。東京や豊橋で過ぎていった日々は、走り続ける列車の車窓に映った夢にすぎなかったのだろう。

俺たちは広大な魔境の夜にかこまれている。

「……ここはあの暗室なんだね」

「そうよ。私たちはずっと一緒だったの」

彼女はそう言って微笑んだ。

座席に深く腰掛けながら俺は安堵《あんど》の溜息をついた。

最終夜　鞍馬

貴船の宿に降り注ぐ雨は、次第に小降りになってきた。

「そろそろ出かけないとね」

中井さんが独り言のように呟《つぶや》いた。

鍋のかたづけをする宿の人が怪訝《けげん》そうな顔をしていた。それも無理もないことだった。「鞍馬の火祭を見物に来た」と言いながら、我々は出かける素振りを見せないからである。

武田君と田辺さんは競馬新聞を広げて明日の菊花賞の予想をしていたし、藤村さんは隣の座敷で横になって酔いをさましている。このままでは祭りが終わってしまうと思いながらも、なかなか立ち上がる気になれなかった。皆も同じ気持ちなのだろう。

中井さんがビール瓶を手に取って、私のグラスに注《つ》いだ。

「君は長谷川さんのことが好きだったんだろう」

「それはみんなそうでしょう」

「……そうだね。もちろんそうだ」

中井さんはそう言って微笑《ほほえ》んだ。

○

ようやく我々が腰をあげた頃には雨も止《や》んでいた。

宿の人に貴船口まで車で送ってもらい、そこから叡山電車に乗った。乗客はまばらだったが、床はひどく汚れていて、車内の空気は淀《よど》んでいた。我々が貴船の宿で鍋をかこんでいる間に、この小さな叡電は大勢の見物客たちを運んでいたのである。

鞍馬駅へ到着する頃には火祭は終わっていた。

「あとの祭りっていうやつですね」と武田君が言った。

鞍馬駅前には帰途に就く観光客の長い行列ができ、普段は静かな山間の駅舎が熱気に溢《あふ》れていた。門前町まで出てみると、雨合羽《あまがっぱ》姿の警官たちが観光客たちを誘導していた。アスファルトの路面は濡《ぬ》れた松明《たいまつ》の燃え滓《かす》で黒々として、靴の下でじゃくじゃくと音を立てた。我々は鞍馬寺の石段下に佇《たたず》んで、祭りの喧噪《けんそう》が引いていくのを眺めた。肩の荷をおろしたような雰囲気が漂っていた。誰も口には出さなかったが、我々は貴船の宿で雨音に耳を澄ましながら、祭りが終わるのを待っていたように思える。

やがて中井さんが言った。

「ぶらぶら貴船口まで歩いていこうか」

「雨、大丈夫ですか」

藤村さんは空を見上げた。

星一つ見えない空だった。

「でも電車も混んでるしなあ」

武田君の言葉に田辺さんも頷《うなず》いた。

「あんな押し寿司みたいな叡電はごめんだよ、俺は」

「そんなら歩こう」

中井さんのあとに続いて我々は歩きだした。

門前町には土産物屋や民家が道路に沿って続いていた。玄関先で燃える篝火《かがりび》のまわりで子どもたちが遊び、しばらくは夜祭りの熱っぽい余韻が漂っていた。しかし五分も歩くと家屋もまばらになってきて、鞍馬寺の賑《にぎ》わいも届かなくなった。左手に続く黒々とした杉林から夜の冷気が滲《にじ》んでくる。交通規制のために行き交う車もなく、アスファルト道路はがらんとしていた。

「淋《さび》しい道ですねえ」と藤村さんが呟いた。

この夜道が別の世界へと通じていて、そこに長谷川さんが暮らしているとしたら、と考えた。

鞍馬の火祭で姿を消してから十年、彼女の行方はまったく分からない。彼女を吸いこんだ暗い穴は今もまだ、この鞍馬のどこかで口を開いているように感じる。

いつの間にか中井さんが私の隣を歩いていた。

「明日、皆で岸田道生の銅版画を見にいこうか」

「いいですね」

「それにしても不思議な偶然だったね」

私は貴船の宿で皆の語った物語を思い返した。

中井さんが尾道のビジネスホテルで岸田道生の絵を見たという話をきっかけに、それぞれが旅の思い出を語ったのだった。尾道、奥飛驒、津軽、天竜峡。それらはとくに何ということもない平凡な旅の思い出だった。ただし、岸田道生の銅版画「夜行」にまつわる旅だった、という奇妙な共通項をのぞくなら。

中井さんの場合、家出した奥さんを追いかけていったわけだが、それも今となってはよくある思い出話である。武田君も、藤村さんも、田辺さんも、誰もが無事に旅から帰ってきた。

「しかし無事に帰ってこられない可能性もあったわけだ」

ふとそんな言葉が胸中に浮かんだ。

旅先でぽっかりと開いた穴に吸いこまれる。その可能性はつねにある。

あの夜の長谷川さんのように——。

谷川を挟んだ杉木立の向こうを叡山電車が走り抜けていった。我々は車道の脇に立ち止まって、夜の底を走りぬけていく電車に見惚《みと》れた。しゃらんしゃらんという甲高い車輪の音が谷川の水音と混じり合い、そして遠ざかっていく。

その夢のような風景は、昼間に画廊のショーウィンドウで見かけた岸田道生の銅版画を思わせた。

○

昼下がりの画廊で、画廊主の柳さんから妙な話を聞いた。

「岸田さんには謎の遺作があるんですよ」

岸田道生が「夜行」という連作を始めたのは今から十年前、ちょうど長谷川さんが失踪した年になる。それから死去するまでの約二年半の間に、四十八作が制作された。

岸田氏は生前、柳さんに未発表の連作の存在をほのめかしていたという。それは「夜行」と対をなす一連の銅版画で、総題は「曙光」という。「夜行」が永遠の夜を描いた作品だとすれば、「曙光」はただ一度きりの朝を描いたものだ、と岸田氏は語っていたという。

「サロンの人たちはみんな見たがりましたよ」

「サロン?」

「当時、真夜中に岸田さんの自宅に集まる人間たちがいましてね。それで『岸田サロン』なんて言ってたんです。もちろん、私もそのうちの一人なんですが」

「で、『曙光』を見た人間はいるんですか?」

「それが一人もいないんです」

柳さんはそう言って微笑んでいた。

杉木立の向こうを叡山電車が通りすぎてしまうと、あたりはふたたび静まり返った。我々はまた歩きだした。

その「曙光」という作品が気にかかる。「夜行」そのものが四十八作という長大なシリーズなのだから、それと対になるという「曙光」も大規模な作品だろう。しかし柳さんが言うには、遺品の整理をしても「曙光」の手がかりは一切見つからなかったという。岸田氏は嘘をついて他の人たちをからかっていたのだろうか。それともどこか秘密のアトリエに隠してあるのだろうか。

私は田辺さんに近づいて話しかけた。

「岸田さんのことなんですけど」

岸田道生の「曙光」について訊《き》いてみると、彼は無精髭《ぶしょうひげ》の生えた顎をかきながら笑った。

「岸田のイタズラだと思うけどな」

「みんなを騙《だま》してたんですか?」

「変わり者だったんだよ、あいつは」

田辺さんは岸田サロンに通っていた日々のことをぽつぽつ語った。その口調には愛情が籠もっていた。一軒家に集って明け方近くまで楽しそうに語り合う人々の姿が目に浮かんだ。その中心には岸田道生がいる。終わらない夜を旅する奇妙な銅版画家——。

「岸田の家には暗室があってな、そこで『夜行』のアイデアが降ってくるのを待つんだ。変わってるよな」

「写真を現像するような感じですかね」

「俺も一緒に入ってみたことがある。へんな気分になったよ。狭い部屋がだんだん広く感じられてきてな。そのうち自分がどこにいるのか分からなくなるんだよ」

背後から中井さんたちの陽気な笑い声が聞こえてきた。田辺さんがチラリと目をやって、「うるせえやつら！」と冗談めかして言った。しかし前へ向き直った彼の顔は真剣だった。

「今でもあの暗室にいるみたいに感じる」

田辺さんは言った。「ときどきだけどな」

「分かるような気がします」

やがて車道が二股に分かれているところまできた。あたりには谷川の水音が響いていた。左手の道を下れば京都市街へ向かい、右手に折れれば貴船口の駅がそこにある。迷うことなく田辺さんと私は右手に折れて、貴船口駅へ向かって歩いた。少し歩いてから、田辺さんが振り返って怪訝そうに言った。

「あれ？　あいつら来ないぞ」

私は消防団の建物の赤いランプを見つめていた。

十年前——。

鞍馬の火祭の雑踏で、我々はたがいの姿を見失った。火の粉を振りまく松明と半裸の男たちの熱気を思いだす。濛々《もうもう》と煙が立ち上っていた。松明が通りすぎたあと、夜の闇がいっそう色濃くなるように感じられた。どうしてあのとき、私は長谷川さんの姿を見失ったのだろう。まるで手をつなぐような気持ちで、彼女の姿を見ていたというのに――。「今でもあの暗室にいるみたいに感じる」という田辺さんの気持ちが分かるような気がした。

ふっと我に返って私は言った。

「宿に電話して、お迎えをお願いしますか」

しかし田辺さんは返事をしなかった。

振り返ってみると、外灯に照らされたアスファルト道路には人影がなかった。ただ谷川の水音だけが大きく聞こえていた。

いくら待っても、仲間たちは姿を見せなかった。

○

私は叡山電車の高架をくぐって、貴船口駅まで行ってみた。

短い階段をのぼった先には改札へつながる通路があって、蛍光灯の白々とした明かりが灯《とも》っていた。シャッターを下ろした売店の前のベンチで、数人の若い男女がぼそぼそと喋っていた。十年前の私たちのようである。彼らは胡散臭《うさんくさ》そうにこちらを見ていたが、やがて宿から来た迎えの車に乗りこんだ。彼らがいなくなると、夜更けの駅は廃墟《はいきょ》のようにひっそりとした。

あたりを押し包む山の暗さが私をますます不安にさせた。いつまで待っても、中井さんたちは誰ひとり姿を見せない。

「どうなってるんだろう」

私はベンチに腰掛けて中井さんに電話してみた。その呼び出し音は別世界から聞こえてくるように感じられた。

「はい、どうもー」

唐突に電話に出た中井さんの声は、拍子抜けするほど暢気《のんき》に響いた。どうやら酔っているらしい。電話口の向こうには静かな音楽と囁《ささや》き声が響いている。どこかのホテルの落ち着いたバーカウンターを連想させた。こんな暗い山奥には似つかわしくない音だった。そんなはずがない、と私は混乱した。先ほどまで中井さんは私と一緒に歩いていたのだから。

「中井さん、今どこにいるんです?」

「どちらさまですか?」

「何を言ってるんです。大橋ですよ」

「……おおはし?」

「ずっと駅でみんなを待ってるんですよ」

私がそう言ったとたん、中井さんは電話の向こうで黙りこんだ。その沈黙をバーの静かなざわめきが埋めた。まるで彼が電話を置いてどこかへ行ってしまったように感じたが、そのまま耳を澄ましていると、震えるような息遣いが聞こえてきた。

しばらくして、不安そうに呟く声が聞こえた。

「大橋だって?」

「大橋ですよ。あたりまえでしょう」

「……冗談を言わないでくれ」

中井さんはそう言って、唐突に電話を切った。

バーのざわめきは消え、私は森閑とした駅に取り残された。

私は手元の電話を見つめて茫然《ぼうぜん》とした。

気を取り直して田辺さんにかけてみたが通じない。続いて藤村さんに電話してみた。長い間呼び出し音が鳴り続けた。諦めて電話を切ろうとした瞬間、「はい」と静かな声が聞こえた。

「藤村さん?」

「どちらさまですか?」

「いま、どこにいるの?」

「どちらさまですかって聞いてるんですけど」

「もう降参するから止めてくれ。大橋だよ」

私の名を聞いたとたん、藤村さんは息を呑《の》んだ。

「……大橋さん? 本当に?」

「何を言ってるんだ。一緒に鞍馬へ行ったろ」

藤村さんは何も言わなかった。電話の向こうはこの駅舎と同じように静まり返っている。その静けさは大きなマンションのがらんとした廊下を思わせた。先ほどまで一緒にいた藤村さんの、明るいけれども、どこか疲れの見える顔が思い浮かんだ。

やがて奇妙な息遣いが聞こえてきた。

「何を言ってるんです。それ、学生時代の話じゃないですか。大橋さん、今までどこにいたんですか？」

彼女こそ何を言っているのだろう。

「大橋さん、聞いてますか？」

「聞いてる」

「今どこにいるんですか？」

「鞍馬だよ、僕は鞍馬にいるんだ」

ふいに藤村さんが怯《おび》えたように言った。

「……あなた本当に大橋さんですか？」

怖ろしくなって私は電話を切った。しばらく電話を握ったまま、蛍光灯に照らされる灰色の床を見つめていた。たとえ武田君に電話をかけても同じだろうと思った。念のために貴船の宿に電話をかけてみたが、今夜「大橋」の名で予約している客はいないと言われた。私は曖昧なことを言って電話を切った。まるで鞍馬への旅そのものが消し去られたかのようだった。

私はベンチから立ち上がって駅舎の外へ出ていった。

あたりには谷川の水音だけが不気味に響いていた。高架をくぐって引き返してみたが仲間たちの姿はなかった。やがて市街地の方角から車輪の音が響いてきて、空っぽの叡山電車が姿を見せた。電車は貴船口駅にしばらく停車し、鞍馬に向かって走りだした。暗い木立の向こうを明るい車窓が通り過ぎていった。

叡電を見送りながら私は途方に暮れていた。

○

貴船口駅から叡電に乗って出町柳へ引き返した。

帰途に就く観光客を満載した車両は蒸し暑く、真綿でくるまれたように頭がぼんやりした。暗い車窓に目をやると、通りすぎる杉木立に青白い顔が浮かんでいた。それが車窓に映った自分の顔であることに気づくまで時間がかかった。

ともかく明るい賑やかなところへ行けば、現実感が取り戻せるのではないかと考えていた。どこか街中のホテルに泊まるか、あるいは適当な酒場で夜を明かす。きっと明日になれば笑い話になるだろう。そんな頼りないことしか思いつかなかったのである。

出町柳に着き、私は鴨川の方へ歩いていった。

高野川と賀茂川が合流するところに、学生時代に「鴨川デルタ」と呼んでいた中州がある。私はその突端に腰を下ろして、欄干に明かりの灯った賀茂大橋を眺めた。夜も更けて人通りは少なかったが、鞍馬の山奥にいるよりは気が楽だった。

若い男女が飛び石を伝って川を渡っていく。

一度だけ、そんなふうに長谷川さんと歩いたことがある。それは中井さんに連れられて木屋町へ出かけた夜のことだった。

当時、英会話のクラスが終わってから、中井さんを中心に食事に出かけることがよくあった。たいていは出町柳や百万遍の界隈《かいわい》で食事をするだけだったが、その夜は珍しく木屋町へ出て、中井さんの知り合いが働くバーで夜更けまで過ごしたのである。長谷川さんと二人で鴨川沿いを歩いたのはその店からの帰りだった。他の仲間たちは残って飲んでいたのだろう。

我々は四条大橋から鴨川に沿って北へ歩いた。

「酔い覚ましに歩こう」

と言ったのは、長谷川さんではなかったろうか。

四条界隈の喧噪を遠ざかって歩いていくと、二人で夜の底へ降りていくようだった。つまらない冗談を言い合ったり、英会話スクールの仲間について噂話《うわさばなし》をしたり、読んだ本や見た映画について喋《しゃべ》ったりしたのだと思う。その夜、驚くほど近いところに長谷川さんがいると感じた。英会話に通い始めたばかりの頃、私は同じクラスの彼女のことが苦手だった。おたがいに人見知りだったせいで、クラスが終われば二人ともそっけなく振る舞っていたからである。彼女の日本語よりも英語の方が聞き慣れていたぐらいだった。しかしその夜は、そんなふうに強《こわ》ばったものを感じなかった。

その夜、彼女は宇宙飛行士の話をした。

ソ連の宇宙飛行士ガガーリンの「地球は青かった」という有名な言葉がある。今では宇宙からの映像など珍しくもないから、我々はその「青さ」を知っているつもりでいる。しかし宇宙飛行士の語るところによれば、本当に衝撃を受けるのは背景に広がる宇宙の暗さであるらしい。その闇がどれほど暗いか、どれほど空虚かということは、肉眼で見なければ絶対に分からない。ガガーリンの言葉は、じつは底知れない空虚のことを語っている。その決して写真にあらわせない宇宙の深い闇のことを考えると、怖いような感じもするし、魅入られるような感じもする。

「世界はつねに夜なのよ」と彼女は言った。

やがて賀茂大橋までやってきた。飛び石を伝って川を渡る彼女の後ろ姿を私は見ていた。夜が終わっていく、と私は思った。とりたてて何が起こったというわけでもないのだが、その夜になって私はようやく、自分が彼女に惹《ひ》かれていることに気づいた。

それは九月のことで、その翌月が鞍馬の火祭だった。「みんなで行ってみよう」と言いだしたのは誰だったのだろう。ひょっとすると私だったのかもしれない、と思う。

ふと我に返ると、見知らぬ男女は鴨川を渡りきって姿を消していた。あたりにはもう人影がなかった。鴨川の彼方に見える繁華街の明かりを私はぼんやりと見つめていた。

そのとき電話が鳴った。中井さんからだった。

思い切って電話に出ると、落ち着いた声が聞こえた。

「大橋君なんだね？」

「大橋です」

「……今どこにいるの？」

「出町柳のそばです」

どうしてそんなところにいるんだ、みんな貴船口駅で待ってるんだぞ。中井さんがそんなふうに怒ってくれることを、私は一瞬だけ期待した。しかしそんなことにはならなかった。

「それならね、河原町三条まで出てきてくれないか」

中井さんは泊まっているというホテルの名を告げ、一階のバーで会おうと言った。

「必ず来てくれ。待っている」

○

私は出町柳から京阪電車に乗って三条へ出た。

「必ず来てくれ。待っている」

中井さんの声には有無を言わせぬものがあった。

学生時代から、中井さんはそんな印象を人に与えた。その力強さが頼もしく感じられたものだが、考えてみれば中井さんも当時はまだ大学院生にすぎなかった。無理をして「頼もしい先輩」を演じているところもあったろう。それは長谷川さんが失踪したあとの様子からも見てとれたことである。彼はまるで妹を失った兄のように見えた。何かの糸がプツリと切れてしまったようで、かつての自信に満ちた態度は二度と戻らなかった。

中井さんが泊まっているというホテルは、河原町三条を上がった表通り沿いにあった。ロビーに入っていくと、きらびやかなシャンデリアの明かりが眩《まぶ》しかった。叡電と京阪を乗りついできたにもかかわらず、山奥から天狗《てんぐ》にでもさらわれてきたような気がする。自分の一部分がまだ山奥に取り残されているかのようだ。ロビーの奥にある、岩窟のように薄暗いバーのカウンターで、中井さんはひとり飲んでいた。その丸めた大きな背中を見て、私はホッと溜《ため》息《いき》をついた。もう大丈夫だ、という気がした。

「中井さん」と私は声をかけた。「お待たせしました」

彼は私を見上げて、あっけにとられたような顔をした。

「本当に大橋君なのか」

「あたりまえじゃないですか」

「電話で話しても信じられなくてね。幽霊に会ったみたいなものだから」

「さっきまで鞍馬で一緒だったでしょう」

「……それは十年も前の話じゃないか」

私は口をつぐんだ。

中井さんも藤村さんと同じことを言っている。

「まあ、座りなよ。何を飲む？」

私はバーテンダーに注文した。中井さんは一昨日から奥さんと一緒に京都旅行へ来ていると言った。奥さんは今、ホテルの部屋で先にやすんでいるという。

「中井さんは鞍馬には行ってないと言うんですか」

「あの事件以来、鞍馬へ行ったことは一度もないよ」

中井さんはそう言って、私の顔を見守るようにした。

「この十年間、君はどこで何をしていたんだ？」

「十年間？」

「そうだよ。十年間だよ」

「……何がどうなってるのか教えてくれませんか」

「待ってくれ。僕の方が教えてほしいんだ」

「とにかく僕は何も分からないんですから」

中井さんは溜息をついた。

そして十年前の事件について語り始めた。

十年前の今夜、中井さんは英会話スクールの友人たちと鞍馬の火祭を見物に出かけた。叡山電車に乗って鞍馬へ出かけ、門前町にひしめく見物客に埋もれながら、松明を抱えた男たちが通りすぎていくのを眺めた。

そうして見物している間に、一緒にいたはずの私の姿が見えなくなった。はじめのうち中井さんは気にとめなかった。長谷川さんと二人でこっそり抜けだして、どこかで休んでいるのではないかと思ったのである。しかし、祭りが終わって人の波が引き始めたとき、怪訝そうにあたりを見まわしている長谷川さんの顔が目に入った。やがて藤村さんたちも「大橋君がいない」と言い始めた。

中井さんたちは鞍馬駅で私が姿を見せるのを辛抱強く待った。しかし私はなかなか姿を見せない。叡電を待つ見物客たちの行列が短くなるにつれ、鞍馬の喧噪は静まっていった。

「けっきょく、君は現れなかったんだ」

やむを得ず中井さんたちは警察に相談した。

何かの行き違いではないかという淡い期待は、翌日には消え失《う》せていた。大学から事情を聞かれ、やがて私の家族が京都へやってきた。失踪が小さな新聞記事で報じられた。しかし手がかりはまったくなかった。失踪するような理由もなく、事件の痕跡もなかった。「大橋君」はそれきり消えてしまったのである。

「この十年間、君は失踪していたんだよ」

○

私はカウンターに両肘をついて頭を押さえた。

「でもそれは僕の知ってる話とぜんぜん違います」

「どこが違うんだ？」

「失踪したのは長谷川さんのはずです」

中井さんは困ったような顔で私を見つめた。

「長谷川さんは我々と一緒に帰ってきた。ずっと君のことを心配していたよ」

「長谷川さんは今、どうしているんです？」

「もう何年も連絡を取ってないからね」中井さんは呟いた。「でも、君が戻ったと知ったら彼女も喜ぶだろう」

「……僕は本当に戻ったんでしょうか」

「戻ったんだよ。君は戻ってきたんだ」

まるで子どもに言い聞かせるように中井さんは言った。

「この十年間、ずっと心のどこかに穴が開いてる気がしていた。いったいどうして君は消えたのか。ずっとその謎が解けなかった。何があったのか教えてくれ」

そう言われても、私には答えることができないのだった。

この十年間の出来事はすべて夢だったというのだろうか。長谷川さんの失踪から始まって、そのあと京都で過ごした日々も、就職して東京へ出てからの日々も、仲間たちに呼びかけて十年ぶりに「鞍馬の火祭」へ出かけたことも、すべて幻だったのだろうか。

そんなことはありえない。つい先ほどまで中井さんも私も、貴船の宿で一緒に過ごしていたはずだった。尾道への旅について語る中井さんの顔を、ありありと思い浮かべることができる。

「奥さんは家出したことがありませんか」

私が言うと、中井さんは戸惑った。

「おいおい、急に何の話だよ」

「奥さんを追いかけて尾道へ行ったことがありませんか」

中井さんは怯えたような目で私を見た。

「……どうして知ってる？」

「今夜、僕らは貴船の宿に集まったんですよ」と私は言った。「十年ぶりに鞍馬の火祭を見物するために来たんです。そこで中井さんが尾道の話をしてくれたんですよ」

「でもそんなはずはない。僕はここにいたんだから」

中井さんはカウンターを指先で叩《たた》いた。

「それなら、どうして僕が尾道の話を知ってるんです？」

私は貴船の宿で中井さんから聞いた話を詳しく語ってみせた。話を聞くうちに彼の顔は強ばってきた。

「どうしてそんなことまで君が知ってるんだ」

今度は中井さんがカウンターに両肘をつく番だった。彼は組んだ両手に顎をのせて、カウンターの向こうにある酒瓶の行列を見つめていた。それは学生時代によく見た表情だった。中井さんの頭の中でさまざまな可能性が検討されているのだろう。

「何か不思議なことが起こっているね」

「ええ、そうですね」

「そもそも君はどうして僕に電話してきたんだい？」

「鞍馬から戻るとき、夜道でみんなが消えてしまったんです。僕にもわけが分からないんですよ」

そのとき、しゃらんしゃらんと山間に響く車輪の音を思いだして、私は口をつぐんだ。暗い杉木立の向こうを叡山電車が走り抜けていく。暗い夜道に立ってそれを見送っている自分の姿が、まるで銅版画のように脳裏に浮かぶ。柳画廊のショーウィンドウに展示されていた作品は「夜行――鞍馬」というタイトルだった。

「中井さん、岸田道生という画家を知ってますか？」

○

私は岸田道生について中井さんに語った。

京都のアトリエを拠点に活動していたこと。「夜行」という銅版画の連作を描いたこと。昼夜逆転の生活を送っていたこと。アトリエには夜ごと訪問客があって、「岸田サロン」と呼ばれたこと。

「しかしどうも僕には分からないな。その岸田という人はもう死んでいるんだろう。君は会ったこともないんだろう。いったいどういう関係があるの」

「とにかく、もう一度あの画廊へ行ってみます」

「でも、もう夜中だよ」

「誰か残っているかもしれません。少なくともショーウィンドウの絵は見られる」

中井さんは少し考えてから言った。

「それなら僕も行こう」

「奥さんを放っておいていいんですか」

「どうせ部屋で眠っているんだから。それに君を放っておくほうがまずい。また失踪されても困るしね」

我々はホテルを出て、三条名店街のアーケードを抜けていった。学生の頃、こんなふうに寝静まった街を中井さんたちと歩いたことがあったなと思った。こうして夜の街を歩いていると、学生時代のあの夜へそのまま通じていそうに思われた。

私がそんなことを言うと、中井さんは嬉《うれ》しそうに笑った。

「そうだね。僕も同じことを考えていた。妙だな」

「不思議なものですね」

「十年前へタイムスリップしたみたいだ」

煉瓦《れんが》造りの文化博物館のある四つ辻《つじ》まで来て、我々は高倉通を南へ下った。小さな商業ビルやマンションのならぶ通りはひっそりとして、外灯が点々と灯っている。たしかに柳画廊はその通り沿いにあった。硝子《ガラス》扉には「CLOSED」という札が下がっているが、燦々《さんさん》と明かりが洩《も》れている。まだ画廊主が残っているらしい。

ショーウィンドウを覗《のぞ》きこんだ私は驚きに打たれた。

展示されているのは岸田道生の作品だったが、昼間に見た作品とは様子がちがっていた。白と黒が反転して全体の色調は明るかった。朝の陽射《ひざ》しに輝く木立の向こうを叡山電車が通りすぎていく。木立の手前にこちらに背を向けた女性が立っていて、通りすぎる叡電に向かって右手を挙げている。絵のかたわらに置かれたプレートには「曙光——鞍馬」の文字が見える。

中井さんもショーウィンドウを覗きこんで言った。

「君の言っていた作品とは違うようだね」

「たしかに僕の見た絵ではないですね」

私は硝子扉を開いて画廊へ足を踏みいれた。

やわらかな光に充《み》ちた奥行きの深い画廊には、ほんのかすかに香を焚《た》くような匂いがしていた。白い壁に点々とかかっている銅版画はすべて明るい。まるで白い壁に穿《うが》たれた四角い窓の向こう側に、陽光の降り注ぐ朝の世界が広がっているかのようだった。昼間に訪ねたときとは、画廊の印象そのものが変わっていた。

衝立《ついたて》の向こうから画廊主の柳さんが出てきた。

「申し訳ありませんが今日はもう……」

「すいません」と私は言った。「昼間にこちらの画廊を訪ねた者ですが、覚えておられませんか」

柳さんは私を見つめて戸惑っていた。あれほど長く言葉を交わしたのに覚えていないのは妙だと思った。しかし、それよりも妙なのは画廊の絵がすべて違うものに入れ替わっていることである。私は白い壁に掲げられた銅版画を指して言った。

「昼間から絵を交換されましたか?」

「いいえ、そんなことはございません」

「おかしいな。昼間に来たときには『夜行』という作品が展示されていたんですよ。岸田道生について、あなたが色々教えてくれましたよ」

「『夜行』という作品を展示したことはございませんが」

「そんなはずない。僕は見たんですよ、ここで」

「そう仰《おつしや》いましても」

柳さんは困ったように微笑んだ。

○

「どうも夜分遅くにお騒がせしました」

そう言って中井さんは私の肩を叩いた。

「出直そう、大橋君。やはり君は混乱しているんだよ。少し休め。考えるのは明日になってからでもいいだろう」

しかし私はどうしても諦める気になれなかった。

連れだそうとする中井さんにあらがって、私は白い壁に掲げられている銅版画を見ていった。

「これらは『曙光』という連作なんですね? 全部で四十八作あるのではないですか」

「ええ、そうです。岸田道生さんの連作です」

白い背景に黒の濃淡で描きだされた風景は、眩しい朝の陽光を感じさせた。いずれの作品にもひとりの女性が描かれていた。目も口もなく、滑らかな白いマネキンのような顔を傾けている。「尾道」「伊勢」「野辺山」「奈良」「会津」「奥飛騨」「松本」「長崎」「津軽」「天竜峡」……一つ一つの作品を見ていくと、不思議な流れとリズムを感じた。日本各地のさまざまな街へ次々と朝が受け渡されていく。いずれの朝にもひとりの女性が佇《たたず》んでいる。

私は昼間に柳さんから聞いた話を思い起こした。

それは岸田道生には謎の遺作があるという噂だった。岸田氏が生前、柳さんにその存在を仄《ほの》めかしながら、決して見せることのなかった作品群。それは「夜行」と対をなす一連の銅版画であり、総題は「曙光」であった。

——「夜行」と「曙光」。

そのときになって、ようやく私は気づいたのである。

「曙光」と「夜行」は表裏一体をなす作品なのだ。かつて私のいた世界から見れば「夜行」に見えるものが、こちらの世界では「曙光」に見える。鞍馬の火祭を見た帰り道で仲間たちとはぐれたとき、私は「曙光」の世界に迷いこんだにちがいない。こちらの世界に「夜行」は存在していないのだから、展示されていないのも当然のことなのである。

しかし、こんな話を一体だれが信じるだろう。

「岸田道生なら分かってくれるはずだ」と私は呟いた。

「でも亡くなってるんだろ?」と中井さんが言った。

「そんなはずはありません」

柳さんが言った。「今日、私は岸田さんと話をしたばかりですよ」

中井さんと私は思わず顔を見あわせた。

岸田道生は生きている。

「岸田さんと連絡が取れませんか」と私は言った。

柳さんは首を傾《かし》げた。

「……しかし、もうこんな時間ですから」

彼が我々を胡散臭く思うのも当然のことであろう。

電話で話をさせてもらうだけでいい、どうか信用して欲しいと頼みこんで、ようやく取り次いでもらえることになった。電話をかける柳さんの声が衝立の向こうから聞こえてきた。

「夜分遅くに申し訳ございません。柳でございます」

電話に出ているのは岸田氏の奥さんらしい。しばらくは状況を説明する柳さんの声が切れ切れに聞こえていた。やがて彼が中井さんと私の名を告げたとき、相手が不可解な反応をしたようだった。「どうされましたか?」という心配そうな声が聞こえたあと、しばしの沈黙があった。やがて柳さんが怪訝そうな顔つきのまま、衝立の向こうから顔を覗かせた。

「奥様がお話しされたいそうです」

受話器を受け取って耳にあてると、囁くような声が聞こえてきた。意外なことにその声は震えているようだった。

「……大橋君なの？」

それはどこかで聞いたことのある声だった。

「わたしです。長谷川です。覚えている？」

○

タクシーは深夜をまわった烏丸通《からすまどおり》を北へ向かって走っていく。

中井さんは車窓を眺めながら呟いた。

「不思議なことが起こっているね」

私と一緒に夜の街を移動しながらも、中井さんの考えは揺れ動いているようだった。それも無理もないことだろうと思った。私自身も不思議の国へ迷いこんだように感じていた。「曙光」と「夜行」という二つの世界が混濁し始めているようだった。

「長谷川さんの声を十年ぶりに聞きました」

「どうだった？」

「不思議な感じです。十年経《た》ったように思えない」

中井さんは車窓を眺めながら呟いた。

「君は長谷川さんのことが好きだったんだろう」

「それはみんなそうでしょう」

「……そうだね。もちろんそうだ」

中井さんはそう言って微笑んだらしかった。

繁華街の明かりは遠のいて、京都御苑《ぎょえん》の長い塀が右手に続いた。同志社大学までくるとタクシーは今出川通を右に折れて走っていき、やがて賀茂川の暗い土手にさしかかった。もう深夜一時をまわっていて、行き交う車も少なかった。黒々とした街路樹の影が途切れると、人通りも絶えた暗い河川敷が眼下に広がって、対岸に灯る住宅地の明かりが見えた。

「このあたりですかねえ」

運転手がカーナビを覗きながら呟いた。

我々は出雲路《いずもじ》橋のたもとでタクシーを降りた。

岸田道生氏の自宅兼アトリエは、土手を西へくだった住宅地にあった。寝静まった暗い住宅地の中で、その家だけが窓から燦然と明かりを洩らしていた。荒野をさまよう旅人が一夜の宿を見つけたように、その家の明かりは懐かしく思えた。

年季の入った古い一軒家だが、外壁や庭木もきちんと手入れされている。玄関のドアまわりには薄緑色のこまかなタイルが貼られている。中井さんが玄関脇のブザーを押すとぱたぱたと足音が聞こえ、ひとりの痩せた男性がドアを開けた。

「夜分遅く失礼します。中井と大橋と申しますが、岸田さんでいらっしゃいますか」

「岸田です。お待ちしていました」

岸田氏は穏やかに言って、我々を招き入れた。

「いらっしゃったよ。下りてきて」

岸田氏が二階へ呼びかけると、階段の明かりが灯った。

やがて白くてほっそりとした素足が、古びた木の階段をぴたぴたと踏んで下りてきて、見覚えのある色白の顔が階段途中に浮かんだ。そこに立っていたのはたしかに長谷川さんだった。

彼女は階段に佇んだまま、驚いたような顔で我々を見下ろしていた。

中井さんが照れくさそうに言った。

「やあ、長谷川さん。久しぶりだね」

「びっくりしました、中井さん」

「こんな夜更けに申し訳ない。僕だってびっくりしているんだから。ほら、大橋君を連れてきたよ」

「長谷川さん、お久しぶりです」と私は言った。

長谷川さんはまだ信じられない様子だった。

「……大橋君なの？」

そうして顔を合わせても十年ぶりとは思えない。彼女は何も変わっておらず、自分も何も変わってないように思えた。

「とりあえず上がってください」と岸田氏が言った。

玄関脇の部屋から薬品と酢のような匂いが漂ってきた。岸田氏はわざわざその部屋の明かりをつけて見せてくれた。

「ここをアトリエにしてるんですよ」

玄関脇の洋間を改装したらしい。ぱっと見た印象は小さな町工場のようだった。冷ややかに注ぐ蛍光灯の明かりのもと、十畳ほどの部屋に雑然と道具類がならんでいる。壁際の棚には紙の束や工具類、薬品の瓶らしいものが詰まっており、古びた仕事机も道具や紙でいっぱいだった。部屋の中央には大きなハンドルのついた重そうな機械が置かれていた。洗濯紐《ひも》のようなものが渡してあって、刷り上がったらしい銅版画が何枚も吊《つる》されている。

「さあ、こちらへ」

岸田氏は我々を奥の居間へと誘《いざな》った。

○

居心地の良い居間には、穏やかな光と珈琲《コーヒー》の香りが充ちていた。岸田氏はキッチンで楽しそうに言った。

「なんだかパーティみたいになってきたな。真夜中の訪問客というのもいいもんだね」

「明日はお休みなの。夜更かししても大丈夫」

長谷川さんが歌うように言っている。

庭に面したソファに腰かけて、キッチンで珈琲の支度をする夫婦を見ていると不思議な気持ちになった。岸田氏や長谷川さんが纏《まと》っている独特の空気によるものかもしれない。中井さんも寛《くつろ》いでいるように感じられた。彼は珈琲を受け取りながら言った。

「なんだか初対面とは思えませんね」

岸田氏はソファに座ってニコニコした。

「よく言われるんですよ。どうしてかな、スキがあるのかな」

「ぼんやりしてるとこがあるから」

「ぼんやりしてはいるけれどもね」

「いや、それだけじゃないですよ。以前からこんなふうに集まっていたような感じがしませんか」

「なんだか懐かしいみたいな感じ?」

「これがいわゆる『岸田サロン』ですよ」

私が言うと岸田氏は笑った。

「それはいいですね。看板でも掲げようかな」

岸田氏たちは私が十年ぶりに帰ってきたことを自然に受け容《い》れているようであった。彼らと一緒に温かい珈琲を飲んでいると、この世界が急に親しいものに感じられてきた。

「長谷川さんは今どうしているの?」

長谷川さんには長谷川さんの十年があった。大学を卒業したあとは市内の高校で臨時講師として働き、やがて正式に採用されて国語教師になったという。

「それで五年前にこの人と結婚したの」

「今も先生は続けているんだね？」

私が訊《たず》ねると、長谷川さんは「もちろん」と頷いた。

その十年を私は自然に受け容れていた。それはたしかに存在したのである。私の十年がたしかに存在したように。

「それで大橋君の十年は？」

長谷川さんの問いにこたえて、私はようやく語り始めた。

十年前の鞍馬で長谷川さんが失踪したこと、その後の京都での暮らし、就職して東京へ出てからの日々、そして仲間たちと十年ぶりに再訪した鞍馬で起こった奇妙な出来事について。一つだけ伏せておいたのは岸田氏が亡くなっていることである。

ときおり長谷川さんと中井さんが質問を挟んだが、岸田氏は最後まで黙って耳を傾けていた。

私が話し終えると、岸田氏は「面白い話だ」と感心したように言った。

「それで大橋さんは、僕の作品に何か秘密があると考えたわけですね。だからここへ訪ねてこられたと」

「まるで魔法の絵みたいな話ですけどね」

「しかし僕は魔法なんか使えませんからね。たしかに『夜行』という作品を考えてみたことはありますが——」

岸田氏は少し考えこんでから言った。

「あなたのいたところでは妻は失踪しているわけですよね。僕はこの家にひとりで暮らしているんですか」

「……ええ、そうですね」

「そいつは淋しいな。想像もつかないな」

どうして私が『夜行』という銅版画を通りぬけてこの世界へ来ることになったのか分からなかった。岸田氏はただ作品を作ったというだけのことなのである。それにしても、そもそも「夜行」あるいは「曙光」は、どのようにして始まったのだろう。私が訊ねると、岸田氏は「お待ちください」と言って立ち上がった。

やがて彼はアトリエから一枚の銅版画を持って戻ってきた。

「これが『曙光』の第一作目。『尾道』です」

描かれているのは朝の光に照らされる坂の町だった。高台にある一軒家の二階から、ひとりの女性が身をのりだして手を振っている。どことなく若々しく感じられる。

「妻と本当に初めて出会ったのは尾道なんですよ。それがもう、十三年も前のことになります」

そして岸田氏は十三年前の尾道への旅について語った。

○

留学から帰国して、半年ほど経った二月のことです。

入院していた母が年末に亡くなって、僕はひどく落ちこんでいました。いよいよこれからと気合いを入れていた矢先だったので、なおさら応《こた》えたのだと思います。

年が明けて一ヶ月ぐらいは何も手につきませんでしたが、それでも二月に入ると両親の遺《のこ》した家の改装なども少しずつ始めて、なんとか意欲を取り戻そうとしているところでした。

そんなとき、尾道にある大学で美術科の講師をしている知り合いから、「遊びに来ないか」と誘われたんです。落ちこんでいる僕を心配してくれたのでしょう。芸大で世話になった先輩で、僕が英国へ行ったのと同じ頃に郷里へ戻ったと聞いていました。

「尾道の千光寺公園に市立美術館がある。そこで教え子たちの卒業展覧会をやるんだ」

先輩は電話をかけてきて言いました。

尾道へ出かけるのもいいな、と僕は思いました。帰国してからというもの、アルバイトや母の入院などもあって、ほとんど京都を離れることができなかったし、その先輩とは何年も会っていなかったからです。

僕がさっそく尾道まで出かけていくと、先輩は駅の改札まで迎えにきてくれました。

おたがいの状況も大きく変わったので、いくらでも話すことはあります。午後は美術館と千光寺をまわって、夕方からは海沿いの料亭で食事をしながら話をしました。「子どもの頃、何か祝いごとがあると、じいちゃんがここへ連れてきてくれた」と先輩は懐かしそうに言いました。窓を開けると暗い海の水がひたひたと入りこんできそうな、不思議な料亭だったことを憶《おぼ》えています。

ひと通り話題が出尽くしたとき、ふいに先輩が言いました。

「あの子と何を話しこんでた？」

何のことを言っているのか、僕にはすぐに分かりました。

それは午後に美術館の展示を見てまわったときのことです。入場者は我々の他にほとんどいなくて、美術館はひっそりと静まり返っていました。展示室ごとにパイプ椅子に腰掛けた大学生が息を詰めるようにして座っていました。先輩の教え子たちの手前、僕らはいささか厳粛な感じで作品を見てまわっていたわけです。

日本画の展示室へやってきたとき、僕らはひとりの女子高生が大きな絵の前に立っているのを見かけました。その絵というのは、大きな長窓を背景にした自画像で、窓の向こうには宇宙空間のように精細な星空が描かれていました。女子高生は赤いマフラーを巻いていて、リュックにはスヌーピーのヌイグルミがぶらさがっています。お客さんの邪魔をしてはいけないので、僕らはなるべく彼女の視界に入らないようにして、その展示室をまわっていました。

しばらくすると、「あ、あ、あ」という変な声が聞こえました。

なんだろうと振り向くと、椅子に腰かけていた美術科の生徒が中腰になっていました。「どうしたの?」と先輩が言うと、彼女はおずおずと展示室の床を指さします。そこには灰色の貧相な猫がちょこんと座っていました。日本画を見ている女の子のちょうど隣にいるのです。まるで二人で仲良く鑑賞しているようでした。

「先生、どうしたらいいですか」

「追い出せばいいじゃないか、ほら早く」

そのとき女子高生が足下を見て、「あ!」と呟きました。猫の存在にようやく気づいたようでした。猫はじっと日本画を見上げていました。

「この猫、あなたの友達ですか?」

僕が訊くと、女の子はクスッと笑いました。

「いいえ、初対面です」

「そんなら出ていってもらわにゃ」

先輩はそう言って、教え子と一緒に猫を追いだしにかかりました。ひとしきり展示室を追いまわしたあと、廊下へ逃げだした猫を追って彼ら二人は出ていきました。あとには僕とその女の子だけが残されました。気まずいなと思っていると、彼女が探るように言いました。

「……先生なんですか?」

「いや、僕は先生じゃない。さっきの人が先生です。僕は彼の友達です」

「友達ですか」

「そう。あなたは?　ここの生徒さんの知り合い?」

「べつにそういうわけじゃなくて、ただブラッと入ったの。おばあちゃんの家に遊びに来たら、展示会をやってたから」

そう言って彼女はあいかわらず日本画を見ています。

「この絵が気に入りました？」

「そういうわけでもないけど……」

先日宇宙飛行士のインタビューを読んだ、と彼女は言いました。

ソ連の宇宙飛行士ガガーリンの「地球は青かった」という有名な言葉がある。今では宇宙からの映像など珍しくもないから、我々はその「青さ」を知っているつもりでいる。しかし宇宙飛行士の語るところによれば、本当に衝撃を受けるのは背景に広がる宇宙の暗さであるらしい。その闇がどれほど暗いか、どれほど空虚かということは、肉眼で見なければ絶対に分からない。ガガーリンの言葉は、じつは底知れない空虚のことを語っている。その決して写真にあらわせない宇宙の深い闇のことを考えると、怖いような感じもするし、魅入られるような感じもする。

「世界はつねに夜なのよ」と彼女は呟きました。

なんだか不思議な子だなと思いました。

○

海沿いの料亭で僕はそんなことを先輩に語りました。

「それで君はすっかり魅了されたわけか」

「そういうわけではないですよ」

「名前は聞いたか。どこから来た子なの」

「住んでるのは向島だと言ってましたよ。おばあちゃんの家が尾道の町の高台にあるらしいんです」

料亭の窓の外は暗い海で、対岸の向島の町の灯が見えています。「世界はつねに夜なのよ」という彼女の言葉が心に引っかかっていました。旅先の町で過ごす静かな夜、ふと淋しさにとらわれた心にしのびこんでくるような言葉です。

その料亭を出たあと、先輩と尾道駅前で別れ、僕は線路を越えて山の手の町へ向かいました。宿は千光寺公園の隣にあったからです。

すっかり夜も更けて、坂の町はひっそりと寝静まっています。橙色《だいだいいろ》の外灯に照らされた石畳の路地や、がらんとした寺の境内を僕はひとりで歩いていきました。尾道の古い町は、坂道や路地が複雑にからまって、その暗がりの奥は別の世界へ通じていそうに感じられました。白い息を吐きながら坂をのぼるにつれて、海沿いの町は遠ざかって、夜空がぐんぐん近づいてきました。

やがて僕は、一本の長い坂道にさしかかりました。

その坂をのぼれば宿に帰りつけるはずですが、白昼の眺めとは打って変わって、本当に通り抜けられるのか不安になるほど暗い坂道でした。坂の途中に外灯が一本だけあります。

しばらく坂をのぼって顔を上げたとき、僕は「おや」と思いました。外灯の向こうの闇の中に白い人影があったからです。顔はよく見えませんが女性のようでした。やがて僕はいぶかしく思い始めました。その怪しい人影は暗がりに佇んだまま、僕をジッと見つめているようなのです。僕が思い切って見返すと、その人影はひらりと身を翻すようにして闇の奥へ消えてしまいました。

にわかに背筋がゾッとして、僕は立ちすくみました。

いったいあれは何だろう。

闇の奥に目を凝らしましたが何も見えません。なんとも薄気味が悪く思えました。かといって宿はその坂の上にあるので、今さら引き返すわけにもいきません。しばらく悩んだ末、僕はおそるおそる坂を歩き続けましたが、誰とも会いませんでした。

やがて宿の明かりが見え、僕は安堵《あんど》の息をつきました。振り返ってみると、眼下には尾道の町の灯がきらめいています。

遠くから列車の通り過ぎる音が響いてきました。

ふいに僕は妙な気分になりました。真夜中の世界に宙づりにされるような感覚に襲われたのです。そんなにも夜が深く、広く感じられたのは初めてのことでした。今こうして自分が夜をさまよっているとき、どんなに遠い街も同じ夜の闇に包まれて、膨大な数の人々がそれぞれの夢を結んでいる。この永遠の夜こそが世界の本当の姿なんじゃないだろうか。

そのとき「夜行」という言葉が頭に浮かびました。

○

その夜、僕は宿で眠れぬ夜を過ごしました。

なんだか淋しい感じが振り払えないのです。

布団の中で輾転反側《てんてんはんそく》していると、あの暗い坂道で見かけた怪しい人影が何かを囁きかけてくるようでした。あれはたしかに女性でした。彼女がひらりと身を翻して闇の奥に消える瞬間のことが、繰り返し脳裏に浮かんでくるんです。その不気味な印象は、英国で見た一枚の銅版画を思い起こさせました。

それは僕の師匠がオフィスに飾っていた古い作品でした。

黒い額縁に入った荘園邸《しょうえんてい》図で、十九世紀初頭に描かれたものです。地誌的な絵画を専門に扱う商会に勤めていた父親が、蒐集《しゅうしゅう》の旅でイングランドの田舎を訪ねた際、地元の好事家から買い取ったものらしく、一見何の変哲もない、地方の屋敷とその庭を描いた作品でした。手前に小さな四阿《あずまや》があって、その中にひとりの若い女性が立っているという平凡な構図です。

「これはゴーストの絵だよ、キシダさん」

そして師匠が語ってくれたのは、いかにもありがちな「呪われた絵」の物語でした。

昔、ある屋敷の若い娘が行方知れずになりました。彼女が姿を消して何年か経った頃、彼女の父親である屋敷の主人が、友人の貴族に絵の制作を依頼しました。彼はアマチュアの銅版画家として知られていたからです。ところが銅版画の刷り上がった翌日、その貴族は自分の作品を一目見るなり、「彼女が！」と叫んで卒倒しました。描いたのは屋敷と庭だけだったのに、その娘が忽然《こつぜん》と絵の中に現れたというのです。そんなことは誰も信じませんでしたが、ついに銅版画家は正気に戻ることなく、うわごとを言いながら亡くなりました。臨終に立ち会った人間たちによれば、数年前に横恋慕した挙げ句その屋敷の娘を殺したのは自分である、と彼は告白したそうです。

「彼の作品に姿を現したのは、その娘のゴーストだったというわけですよ。この絵の中の娘に心惹かれると、彼女が少しずつ振り向いてくるそうですよ。そして彼女の顔が見えたとき、その人間は絵の中へ連れ去られるんだ。あなたも気をつけるべきだね」

語り終えて、師匠は片目をつぶってみせました。

もちろん僕だって、そんな話を信じたわけではありません。

しかし、師匠のオフィスでその銅版画を見かけるたびに、気になるようになったのはたしかです。描かれた女性がこちらを振り向いているかどうか確かめてしまう。銅版画の中で少しずつ振り向く女性。やがて彼女は僕を絵の中へ連れ去る。

尾道の宿でひとり眠れぬ夜を過ごしていると、そんな呪われた絵の物語も、妙なリアリティをもって感じられました。

やがて僕は少しうつらうつらしました。

夢の中で僕は京都の家にいました。

ちょうど今こうしているように、ソファに腰かけているんです。暗い庭を見つめながら、息を殺すようにして待っている。何を待っているのか分かりません。そうして耳を澄ましていると、廊下の奥のドアが開かれる音が聞こえる。奥にある暗い部屋から誰かがソッと滑りだして、足音をしのばせて歩いてくる。やがて姿を見せたのは昼間に美術館で見かけた女の子でした。彼女は僕のかたわらに寄り添うように腰かけて囁くんです。

「世界はつねに夜なのよ」

その瞬間、僕は自分が死んでいることに気づく。

○

その不吉な夢から目覚めたとき、心臓が痛いほど鳴っていました。彼女が身を寄せてきたときの、なんともいえない淋しさと嬉しさの余韻が残っていました。僕は布団から身を起こしました。窓の外に見える空はいつの間にか白んできています。

僕は朝の散歩に出かけることに決めて、森閑とした宿から抜けだしました。

身を切るような朝の空気の中で、昨夜は死んだように感じられた町が、少しずつ息を吹き返していくのが感じられます。野良猫たちが廃屋の庭でもぞもぞしていたり、朝の早いおばあさんが寺に参っているのを見かけました。空は少しずつ明るさを増していき、水底から浮上するように町の輪郭がくっきりとしてきます。朝靄《あさもや》の中でまだ明かりを点《とも》している外灯がとりわけ美しく感じられました。それは、追いつめられた「夜」の最後の姿というふうに思えたんです。

やがて僕は宿へ戻るあの長い坂にさしかかりました。

その坂を宿へ向かってのぼる途中、雨戸を開ける懐かしい音が聞こえたので僕は足を止めました。そこは青い瓦屋根の古びた一軒家の前でした。雨戸が開かれたのは二階の窓で、若い女の子が元気いっぱいに身をのりだし、夜明けの海を見つめています。町を照らす曙光が彼女の頬を美しく染めていました。

「あの子だ」と僕は思いました。

昨日の昼間、美術館で言葉を交わした女子高生だったんです。

そのときほど朝が朝であると感じられたことはありません。不穏な夜の間、僕を脅かした幻の女性たちは溶け去って、二階から身をのりだしている女の子の面影だけが残ったんです。僕が茫然として見上げていると、彼女は坂に立っている僕に気がついて、「おはようございます」と笑いかけてきました。

夜明けがきた――。

そう僕は思ったんです。

○

岸田氏はテーブルの銅版画を指さした。

「尾道から戻って仕上げたのがこの作品です」

彼女とはもう会うこともないだろう、と岸田氏は思っていた。

しかし時が経つにつれて、彼女と言葉を交わすだけに終わったことが悔やまれてきた。京都のアトリエでひとり習作を続けながら、つねに頭の片隅にはあの尾道の朝のことがあった。その思いは「尾道」という作品を見返すたびに深まっていく。

柳画廊の主人はその作品を褒めて言った。

「『曙光』というタイトルはどうでしょう」

町を照らす新しい光、ただ一度きりの朝。

しかしまだ連作を描き始める踏ん切りはつかなかった。

そして三年の空白期間を経て、岸田氏は彼女と再会する。

「それが鞍馬の火祭だったんです。人混みの中に立っている彼女を見つけて、ここで見失うわけにはいかないと思いましたよ」

あの夜、岸田氏もまた我々と同じように、暗い山奥の祭りを見物に出かけたのだった。あの夜祭りの情景がありありと眼前に見える気がした。火の粉を散らす松明の明かりは、長谷川さんの頬を赤く染めていた。岸田氏が長谷川さんを見つけだした夜は、私たちが長谷川さんを見失った夜でもある。それは「曙光」が始まった夜でもあり、また「夜行」が始まった夜でもある。

「それから『曙光』の制作が始まったわけですね」

私はテーブルの銅版画をもう一度見た。

「もう何年になるかなあ」と岸田氏は言った。「その間に妻とずいぶん旅をしてきましたよ」

「いろんなところへ行ったね」

長谷川さんは懐かしそうな顔をした。

「本当にいろんなところへ……」

そして長谷川さんは、岸田氏と出かけた旅先をいくつも数えあげていった。

賑やかな港町の朝もあり、厳しい原野の朝もあり、武家屋敷のひっそりとした朝もあり、雪解け水の音が響く森の朝もあった。四十八作を数える「曙光」のために、どれだけ多くの町で朝の光を浴びたことだろう。彼女たちは朝を追いかけて旅をしたのだった。そこには一つとして同じ朝はなかった。

彼女が語る旅の思い出に耳を傾けながら、私は庭に面した硝子戸に目をやった。そこにはテーブルを囲んで語り合う我々の姿が映っていた。長谷川さんの笑顔は生き生きとして、岸田氏も中井さんも楽しそうにしている。それはまるで車窓のようだった。夜行列車のようだった。たとえ窓の外には暗い夜の世界が広がっていても、車内には旅の仲間がいて、温かい光がある。

こうして長い夜の底を走りながら、我々はどこへ向かっているのだろう。

そんなことを考えて机上に目を戻したとき、目の前の銅版画にあらわれた変化に気づいた。凍結されていた時の流れが早まわしになって、眩しい朝の光が弱まっていく。描かれた尾道の風景は黄昏《たそがれ》へ、そして夜の闇へと沈んでいく。顔を上げて他の三人を見たが、銅版画の変化が見えているのは私だけらしかった。

やがて銅版画の変化と呼応するようにして、居間もまた沈みこむように暗くなってきた。中井さんも長谷川さんも楽しそうに会話を続けているが、その声はもうこちらへ届かなかった。私は茫然として、その変化を見守っていた。

最後に聞こえたのは岸田道生の声だった。

「ただ一度きりの朝——」

○

気がつくと私は居間にひとりで座っていた。

先ほどまでの温かい光景とは何もかもが変わっていた。硝子戸にはシャッターが下ろされて室内は暗く、明かりといえば台所の窓から滲んでくる青白い光だけだった。居間の家具には埃《ほこり》が積もって、まるで廃墟《はいきょ》のような雰囲気が漂っていた。

目の前のテーブルに一枚の銅版画が置かれていた。

「夜行——尾道」

尾道の町は天鵞絨《ビロード》のような闇に沈んでいた。高台の一軒家は黒々とした影に変わって、朝日を浴びて手を振る女性の姿はどこにもない。そのかわりに目を引くのは、長い坂道の途中で煌々《こうこう》と輝く一本の外灯だった。その明かりの中にひとりの顔のない女性が立ち、こちらへ呼びかけるように右手を挙げている。その風景は永遠に続く夜を思わせた。

しばらくその銅版画を眺めてから、私はもう一度、がらんとした居間を見まわした。

岸田氏や長谷川さんはこの家で今も暮らしている。彼らの姿が見えないのは、彼らの世界が私の目から隠されているからにすぎない。そして私の世界もまた彼らの目には隠されている。岸田氏の「夜行」と「曙光」という作品だけがその窓を開いたのである。

私は足音をしのばせて玄関から外へ出ていった。

夜明けの空気は冬のように冷たかった。

門の外へ出て振り返ったとき、岸田家の荒廃した様子に胸が痛んだ。玄関脇には不法投棄されたらしいゴミが散らばり、手入れされていない庭木は乱雑に生い茂っている。屋根も外壁も薄汚れていた。今この家に暮らす人間は誰もいないのだろう。

そうして路上に立って岸田家を見上げていると、まわりの住宅地から人々の起き出す音が聞こえてきた。食卓の音、シャワーを使う音、駆け抜けるバイクのエンジン音、出勤する人々の靴音、鳥のさえずり、赤ん坊の泣き声。

今まで耳に入らなかったのが不思議なほど、それらは賑やかな朝の音だった。

○

土手の石段を上がって賀茂川の方へ歩いていった。

犬の散歩をさせる人や、ジョギングをする人たちが、白い息を吐いて川べりを行き交っていた。朝露に濡れた土手に腰をおろして、私はしばらく茫然としていた。冷たい朝の空気を吸い、洗い清められたように美しい空を見上げた。

もう二度と長谷川さんに会うことはないだろうと思った。しかし私には、十年ぶりに接した彼女の声や仕草をはっきりと思い浮かべることができる。彼女には彼女の歳月があり、私には私の歳月があった。

そして私は、十年ぶりに鞍馬に集まった四人の仲間たちのことを想った。火祭からの帰り道、姿を消したのが彼らではなく私なのだとしたら、彼らは不安な一夜を過ごしただろう。こうして無事でいることを早く知らせなくてはならない。

私は立ち上がり、中井さんに電話をかけた。

本当に電話が通じるのか不安になったが、しばらく呼び出し音が続いたあと、心配そうな彼の声が聞こえてきた。

「……大橋君なのか?」

その声はひどく懐かしかった。私は深く息を吸って、「おはようございます」と言った。そのときほど朝を朝だと感じたことはない。

ただ一度きりの朝――。

その言葉を思い返しながら、私は東山の空を見上げて目を細めた。眩しくて涙が出そうになった。

山向こうから射してくるのは曙光だった。

装画
ゆうこ

装丁
岡本歌織（next door design）

本作品はフィクションであり、
登場する人物・団体・事件等はすべて架空のものです。

〈初出〉
本書は、「STORY BOX」2009年8月号〜12月号、
2010年5月号〜8月号に掲載された『夜行』、
「STORY BOX」別冊「青森へ」に掲載された『夜会』を
再構成し、全面改稿したものです。
また、冒頭および第一夜が「STORY BOX」2016年11月号に掲載されました。

森見登美彦（もりみ・とみひこ）
一九七九年奈良県生まれ。京都大学農学部卒業、同大学院修士課程修了。二〇〇三年「太陽の塔」で第一五回日本ファンタジーノベル大賞を受賞しデビュー。〇七年『夜は短し歩けよ乙女』で第二〇回山本周五郎賞を受賞。一〇年『ペンギン・ハイウェイ』で第三一回日本SF大賞を受賞。他の著書に『聖なる怠け者の冒険』などがある。

編集　幾野克哉
　　　奥田素子

夜行

二〇一六年十月三十日　初版第一刷発行
二〇一七年二月一日　第六刷発行

著　者　森見登美彦
発行者　菅原朝也
発行所　株式会社小学館
〒一〇一－八〇〇一　東京都千代田区一ツ橋二－三－一
編集　〇三－三二三〇－五九五九　販売　〇三－五二八一－三五五五
DTP　株式会社昭和ブライト
印刷所　大日本印刷株式会社
製本所　株式会社　若林製本工場

ISBN 978-4-09-386456-5